ベリーズ文庫

【社内公認】疑似夫婦

－私たち（今のところはまだ）やましくありません！－

兎山もなか

JN228667

STARTS
スターツ出版株式会社

目次

【社内公認】疑似夫婦

－私たち（今のところはまだ）やましくありません！－

零章　ニセモノ夫婦の朝

「おはよう」

見慣れないシックな寝室に置かれたベッドの中、隣に目を向けると彼が頬杖を突いてこちらを見ていた。いつもはワックスで程よく固めている前髪が、寝起きの今はぺたんとなっていて少し長め。そこから覗く綺麗なアーモンド形をした黒目がちの大きな瞳は、笑うと少しだけ垂れ目になる。

気を抜くとこの瞳に見惚れて黙り込んでしまいそうなところ、私はドキドキしながら声を絞りだした。

「……おはようございます」

「なんで敬語になるかな」

軽快な笑い声をたてて、彼——私と同じ会社に勤める森場《もりば》涼真《りょうま》は、そっと私の頭に手を伸ばしてきた。掛布団から出ている肩や胸や腕の肌色がまぶしい。鍛えているのかキュッと引き締まっていて逞《たくま》しい体をしているのに、顔立ちは甘くてハッとさせられる。自然と人の目を惹く男らしい体つきと甘いマスクは、某女性雑誌の表紙を飾っていてもおかしくなさそうだ。

彼の大きな手は私のセミロングの髪を優しく梳《と》かし、自然な流れで頬に触れてくる。

頬をまぁるく包んできたその手のひらは温かく、私は自分のものではない体温がすっと馴染んでいくのを心地よく感じていた。

「体は平気？」

「……うん」

「ほんとに？　けっこう無理させたと思うんだけど……」

何とは言わないけれど夜の行為をほのめかす口振り。彼は頬に触れていた手で慈《いつく》しむように私の目元や耳をくすぐりながら、甘く色っぽく囁《ささや》いてくる。

「すごく可愛かった」

「ん……何が……」

「昨日の奈都《なつ》が」

ナチュラルに私の名前を呼ぶ。会社で〝なっちゃん〟と呼んでくるのに、ここぞとばかりに下の名前で。私はそうやって呼ばれることにいまだ慣れず、口をむずむずと変な形に結ぶ。こそばゆくてかなわない。

「ほんと可愛かったなぁ……控えめな声とか、触ったときの反応とか」

「……そう？」

「うん、最高だった」

なんら普通の恋人同士の朝の睦言。昨晩の出来事を反芻《はんすう》し、うっとりした心持ちでまったり寛《くつろ》ぐ幸せな時間。これが漫画だったなら、〝ああこのふたりは昨日、甘い夜を過ごしたんだな……〟と説明不要で認識されるワンシーンだ。

極めつけに彼は、裸のままぎゅっと私の体を抱きしめてくる。

ベッドから仄《ほの》かに香っていただけの彼の香りが一層《いっそう》濃くなり、クラクラした。熱い体温に包まれて、耳元で彼が囁いてきたこと。

それは。

「もう会社に行きたくない……このまま離したくないよ」

噎《む》せ返りそうなほど甘い声での誘惑。

コンデンスミルク顔負けの甘ったるいセリフを浴びて、私は――。

「………ぶふっ……」

――ちょっと噴き出してしまった。

私が笑った瞬間に甘い雰囲気は完全に途切れ、頭上からは不機嫌な声が聞こえてくる。

「………おいこら、奈都」

「ご、ごめっ……ふ、っく……くふふ……」

「謝りながら余計にウケてんじゃん。おいー」

興覚《きょうざ》めというか、呆れたというか、とにかく白けた感じで森場くんが私の体を解放し、距離を取った。こうなったら甘い空気はおしまい。もう一度魔法にかかるのは難しい。

森場くんもこの朝は諦めたのか、ベッドから上体を起こして髪をガサガサと掻《か》いた。

「途中までいい感じだったのに、今度は何がツボったわけ？」

「ええと……〝もう会社行きたくない〟って言われたのに対して〝ダメ人間かよ〟って思っちゃって」

「きっつ！」

「それからそのあとの〝このまま離したくないよ〟が演技クサすぎて……」

「ダメ出しまで……」

がっくりと肩を落とす森場くん。私も彼と同じようにベッドの上で起き上がり、眠っている間にはずれてしまったパジャマの一番上のボタンを留め直しながら、彼に抗議した。

「っていうか、寝る前は森場くんもちゃんとパジャマ着てたじゃない。なんで裸……？」

「裸じゃない、下は穿《は》いてる。今日ちょっと暑いから夜中に目が醒《さ》めて、寝苦しいから上だけ脱いだんだよ」

言いながら森場くんは掛布団をちらっとまくって見せた。確かにズボンは穿いている。それから彼は天井に向かって〝うーん〟と伸びをした。

（……うわぁ！）

上半身のすべてが明るみに出て、不意打ちを食らった私はギョッとする。朝日が射し込む部屋でキラキラ光る森場くんの裸体（※上半身のみ）。しなやかで綺麗で、私は〝見ちゃいけない〟と思ったのにしっかり見てしまった。スウェットのズボンの穿き口になだらかに伸びる腹筋に、脚の付け根辺りにある窪《くぼ》んだ腹筋がヤバい。

照れてしまったことを悟られないようにゆっくりと目をそらした。幸いこちらの様子に気付いていない森場くんは、ベッドを抜け出して洗面所へと足を向ける。

「そろそろ支度しようか。シャワーどうする？」

「大丈夫。昨日お風呂入ったし」

「そっか。まあ、そうだよな。別に汗かくようなこともしてない」

雰囲気ですでにお察しの方もいるかもしれませんが、私たちの間には昨晩、本当に何もありませんでした。〝昨晩〟に限らず今日に至るまでずっと、やましいところは何もありません。ただ私が彼の部屋に泊まり、同じ布団で眠って朝を迎えただけ。さっき彼がほのめかしたような体の関係もないし、ましてや私たちは、恋人でもない。

森場くんが顔を洗って歯を磨いている間に私が朝食の準備を始め、戻ってきた彼とバトンタッチで洗面所へ行く。顔を洗い、歯を磨き、持ってきていた出勤用の服に着替えて軽く化粧も施した。化粧をしたまま眠るわけにはいかないとはいえ、明るいところで長時間彼にすっぴんを晒《さら》すのは憚《はばか》られる。

朝食の席に戻ると森場くんもすでに着替えを終えてトーストを齧《かじ》っていた。

「ごめん、先食べてる」

「ううん、いいよ」

ちょうどいいタイミングでトースターが〝チン！〟と鳴って、私が洗面所から戻ってくる時間を見計らってパンを焼いてくれていたことを知る。私は「ありがとう」とお礼を言ってトースターからパンを取り出し、自分の分のコーヒーを注ぐ。

それらをテーブルに運んで森場くんの正面に腰掛けると彼はもうトーストを食べ終

えていて、コーヒーを飲みながら新聞のチェックに入っていた。私はこの時間、トーストを食べながらそんな彼の姿を盗み見るのが好きだ。

商品企画部で働く森場くんは普段はスーツを着ない。会社ではTシャツの上にジャケットを羽織り、比較的ラフな格好で仕事をしている。それがまたこなれていて、お洒落で、女子社員の人気が高いのはそういうビジュアル面も理由だと思う。

(もちろんそれだけじゃないけど……)

内面の魅力については私もまだ次々と発見しているところで、一概《いちがい》には語れない。

「なっちゃん」

「はい?」

「次はもうちょっと雰囲気を維持しよう」

「雰囲気を維持……」

「俺も、なっちゃんが笑っちゃわないように頑張るから」

「うん……」

返事をしながら、〝それは無理じゃないかな〟と思った。いろいろ言ってしまったけど、笑ってしまった一番の理由は〝恥ずかしさに耐えかねて〟なので、森場くんの頑張りではどうにもならない気がする。

しかし彼はどうしても今の関係を続けたいらしく、真剣に思案している。

「そうじゃないとこの関係を結んだ意味がないだろ」

「そうだねぇ……」

前の晩にさも男女の営みがあったことを匂わせる朝の会話。漫画や映画の表現技法で俗に『朝チュン』と呼ばれる演出〝だけ〟をリアルで繰り返す。私たちの関係はいたって健全。それでも――私たちは〝夫婦〟だ。

もちろん、籍は入れていない。ある事情から、私たちは会社公認で、期間限定の〝疑似夫婦〟を演じている。

（いまだにワケわかんないなぁ、このシチュエーション……）

こんな不可思議な関係を結んだ意味を、正直私は今もよく理解していないのだけど、黙っておく。

こうやって森場くんと過ごせる朝と夜が心地よくて、もう手放せなくなっているから。

どうしてこんな意味不明な関係を結ぶことになったのか――事の始まりは、一カ月ほど前に遡《さかのぼ》る。

一章　ベッドの王子様

「えっ……私が企画部にですか？」

梅雨が過ぎ、配置転換の時期などとっくに過ぎていた七月のこと。私、吉澤《よしざわ》奈都は五年お世話になった営業部から、未経験の商品企画部への異動を言い渡されていた。

まだ内示の段階なので、話を聞かされたのは人の耳のない応接室。私の向かい側のソファでは大河内《おおこうち》部長が長い指を組み、前傾姿勢で私と目を合わせて語りかけてくる。

「うちの会社でまた新しい製品プロジェクトが動いているのは知っているだろう？」

「はい……今は〝LUXA《ラグザ》〟ですよね」

私が大学卒業後に新卒で入社した〝ロクハラ寝具〟は老舗《しにせ》の寝具メーカー。寝具や寝装具、タオルにインテリア用品までを製造・販売・輸出入している。目立ちはしないものの、各家庭にひとつはロクハラ寝具の商品があるのではないかというほど、広く世の中に商品が浸透している会社だといえる。

そんな中でも新製品の開発には余念がない。話に出た〝LUXA〟はロクハラ寝具が今一番力を入れている期待の新製品。高級ベッドは販売価格の都合上、高めの年齢層をターゲットに据えるのがこれまでのセオリーだった。それを今回、この〝LUXA〟では結婚を機に新しいベッドを購入する〝新婚・若年層〟をターゲットにしているそうだ。

睡眠時だけでなく、就寝前のベッドの上でのリラックスタイムにも着目した製品だと噂《うわさ》に聞いているが、その詳細は社内でもまだ一部の人しか知らないという。

部長は姿勢を崩さず私に言った。

「吉澤は商品企画部に異動。そして、そのまましばらく〝LUXA〟のチーム専任で仕事をしてほしいんだ」

「……わ、私がですか？」

話を聞いてもよくわからなかった。新製品プロジェクトに携わると言えばうちの社内では花形業務で、関わりたいと思っている社員も少なくないだろう。それを、どうして営業経験しかない私に白羽の矢が立ったのか……？　喜ぶべき場面だと思うのに、〝なんで？〟って気持ちが強すぎて素直に喜べない。何か裏がありそうな気がしてしまう。

「部長。あの……」

「ん？」

「私、その……そんなに営業に向いてなかったでしょうか?」

考えられるとしたら、もうそれくらいしかなかった。今まで一生懸命頑張ってきたつもりだけど、もしかしたらいつの間にかお荷物になっていたのかもしれない。それで受け入れ先がなかったところ、運よくプロジェクトの人が拾ってくれたとか——。

「ああ、そんなこと思ってたのか。違う違う」

大河内部長は大らかに笑って否定した。

「正直なところ、吉澤を持っていかれるのは営業部としても痛いんだけどな。作業の手が早いし仕事が丁寧だから、得意先のウケもいい。その上瞬発力もあるから、俺としてもほんとは営業の前線でバリバリやってほしかったんだが——」

意気揚々と褒めてくれていた部長が、急に萎《しお》れた。何かを思い出したようにふっとため息をついて。

「……勝手な話で申し訳ないけれども、社内のある人間と約束をしてさ。そいつが宣言通りの功績をあげたら、吉澤を新製品プロジェクトに投入してもいいと条件をつけていたんだ。それがまさかクリアされるとは俺も思わなくて……」

「えっ、誰がそんなことを……?」

「それは秘密だ」

あっ、秘密なんだ……。

なんだかよく知らないところで決まっていたらしい人事。でもそうは言っても、私がダメージを受けないための部長なりの方便なのかもしれない。その線が濃厚だと思い、私はそれ以上特に深堀りせずに異動の話を受けた。

転勤を伴わない本社の中での異動なので、私は約二週間の引継ぎ期間を経たあと、〝商品企画部〟へ移ることになる。

（まさか私が〝LUXA〟のチームに行くとはねぇ）

信じられなくてまだちょっと他人事だ。自分のデスクの荷物を段ボールに詰め、台車に載せて商品企画部まで運ぶ中、私は緊張と期待でソワソワしていた。

社内一の注力製品〝LUXA〟のプロジェクト。所属しているメンバーは私でも知っているような社内のスターばかり。技術開発部において異例のスピードで出世を遂げたエンジニアに、〝社内のおじさままで転がせない相手はいない〟と言われている広報部の魔女。最近のうちの会社の売り上げを右肩上がりに牽引しているという第一営業部の主任。そして——何より、このプロジェクトには〝彼〟もいる。

「えっ、あれって森場の発案だったの⁉」

頭に思い浮かべていたその時、ちょうど彼の名前が聞こえてきた。ビクッと驚いてしまった私は少しつんのめって、台車に載せた細かなものが倒れて落ちそうになるのを慌てて手で支えた。その間も、通りすがりの社員の会話は続く。

「〝LUXA〟だろ？　確か森場だったと思うけど。どういうルートを踏んだか知らないけど社長プレゼンまで持ち込んで、『〝良質な睡眠〟に通じるものは食も環境も運動も全部ウチの会社でカバーするべき領域です！』って熱弁振るったって」

「うわぁ……それで説得したんだ」

「社長、感動してボロ泣きだったって噂。〝こんなに真剣に会社のことを考えてくれる若手がいるのか……〟ってさ」

「すげぇな。確かにあいつ、めちゃくちゃ働いてるもんな……」

彼らが立ち去っていく中、私はこっそり笑う。彼が褒められているとなんだか私まで嬉しかった。

ロクハラ寝具の商品企画部エース、森場涼真は、実は私の幼馴染だ。――とは言っても、接点があったのは幼稚園から小学校三年生くらいまで。その頃は家が近所だったこともあり、親同士の仲が良かった私たちはお互いの家によく遊びに行っていた。けっこう仲も良くて、お昼寝だって一緒にした記憶もあるのだが、その後は彼の家が校区外に引っ越してしまい疎遠になった。

（でも……たぶん向こうは憶えてないんだよねぇ）

彼と私と同期入社。それなら少なからず接点がありそうなものだけど、残念ながらまったくない。ロクハラ寝具では採用面接時に配属先が決められ、新人研修はそれぞれの配属先で個別に行われる。新入社員が一堂に会するのは最初の入社式だけで、それ以降は同じ案件に携わったり、社内サークルで一緒にならない限りは接点がない。

入社直後は、何度か自分から森場くんに声をかけてみようかと思った時期もあった。だけど私から「憶えてない……？」と話しかけて、「憶えてない」とバッサリ切られることを想像すると、恐ろしくてできなかった。

そうこうしているうちに私たちは入社六年目になってしまって、森場くんは仕事で続々と成功を収め、今ではすっかり手の届かない人になってしまったという……。女子社員からも人気の今、「実は幼馴染なんです！」なんて言ったりなんかしたら、まるで彼が成功してるから近づいたみたいに思われてしまうかも。それはちょっと嫌だった。

（我ながら面倒くさい……）

きっとこのまま関りを持つこともなく、遠くから彼を眩《まぶ》しく見ているだけで終わるんだと思っていた。

それなのにまさかここにきて、同じプロジェクトに配属されようとは。

商品企画部には配属が決まってからすぐに挨拶に行ったので、もうだいたいの人の顔は把握していた。商品企画部はまた営業部とも違い、どことなく華やかで和気あいあいとした雰囲気。気さくな人が多く〝ここなら楽しくやっていけそう……！〟と思ったのも束の間、私はすぐに上のフロアに移らなければいけなかった。

大河内部長からは、しばらく〝LUXA〟プロジェクト専任で働くことを言い渡されている。だから、商品企画部での挨拶もそこそこに荷物を抱えてプロジェクトルームに移動した。社内でも特に機密性の高い情報を扱うからか、新製品プロジェクトが立ち上がるときはプロジェクトごとに部屋が与えられることになっている。私のメインデスクはしばらくそっちの部屋に置かれるので、当面の私の居場所もそっちになる。

プロジェクトルームに行くのはこれが初めてだった。関係者として登録された人の社員証でしか入れないその部屋には、大河内部長のような管理職でも入ることができない。「事前の挨拶は特にいらないだろう」と言われ、そのまま迎えた異動当日。〝LUXA〟のプレートが貼られたドアの前で、私は深呼吸する。

「……よし！」

ドアの横、胸の高さにあるボックス型のカードリーダーに社員証をかざすと、〝ピロンッ♪〟と音がして緑色のランプが灯り、続いて〝ガチャッ〟と鍵の開く音がした。……本当に私の社員証で入れるようになってる！

魔法の鍵を手にいれたような感動を覚えつつ、レバーを下げてドアを押し開ける。

「失礼しまーす……」

部屋の雰囲気は、他の部署とはまるで違っていた。個人のデスクは隅にあって、代わりに部屋の中央に大きなテーブルが並べて二台。作業用なのか打ち合わせ用なのかわからないそのテーブルの上には雑誌や資料やお菓子が散乱していて、大学の部室を思わせた。

「あ、いらっしゃーい」

声がしたほうに顔を向けると、ちょうど死角になっていた、入って左手すぐのデスクに人がいた。その人は壁側に向かってバランスボールに座りながらノートパソコンで作業をしていたところ、振り返って立ち上がり、こちらに近づいてくる。

明るく上品な色の緩く巻かれた長い髪。今晩いきなり立食パーティーに呼ばれても耐え得る華やかでシックなワンピース。クリッとした大きな目に大きな口は、私にも憶えがあった。――広報部の魔女、湯川映子《ゆかわえいこ》さん。

「えぇっと……アレよね！　今日から来ることになってた……」

「吉澤奈都です」

「そう！　なっちゃん！　ごめんね、私名前だけを覚えるのがほんと苦手で……どうしても記号みたいになっちゃうのよね。対面で会ったら絶対忘れないから！　もう大丈夫！　私は広報の湯川です」

そのパワフルさに圧倒されてしまう。私が一言名乗る間に何倍もの情報が返ってきて、私は次の言葉がなかなか出てこなかった。初対面で〝なっちゃん〟とあだ名をつけてくれるフレンドリーさ。そして〝対面で会ったら絶対に忘れない〟って、しれっと今ものすごいこと言いましたよ⁉　さすが広報部の魔女……。〝社内のおじさままで転がせない相手はいない〟という話も、これなら納得です。

湯川さんはにっこりと笑顔を私に向けると、部屋の奥を振り返って声をあげる。

「森場！　例の子来たよー」

湯川さんの呼びかけに反応して、書棚の陰からひょこっと頭を覗かせた人物。

彼こそが。

「――ああ」

低すぎず高すぎない、耳によく馴染む声。森場くんが私のことを見ていた。書棚の陰から私の姿を確認すると、何か作業の途中だったのか一度書棚の奥へ引っ込んですぐにまた出てきた。

今日はフランネルシャルを腕まくりして、チノパンにスニーカーというラフな姿。乱れた髪を手櫛《てぐし》で直しながら近寄ってくる——彼の目に私が映っている。

まるで芸能人が目の前に現れたみたいな高揚感《こうようかん》に襲われた。心臓が早鐘を打ち、上手に息ができなくなった。入社してきてからずっと、願っても目が合わなかった人が、今はまっすぐこっちを見ていることを思うと、クラクラする。

けれどぼんやりしているわけにもいかない。彼が私の前で足を止めると同時に私はハッとして、深々と頭を下げた。

「あ……営業からきました！　吉澤奈都です。今日からお世話になります」

頭を下げながら、まだドキドキしてる。彼のスニーカーの爪先に目をやる。ほんとに森場くんと対面している……。今までろくに会話をしたこともなかったけど、面と向かって話せば、さすがに思い出す……？

そんな淡い期待を抱きながら頭を上げ、視線を彼の顔に戻した。そしたら、次に見た彼の顔は——とても爽やかな笑顔で。

「どうも。森場涼真です」

……やっぱり憶えてないかぁ。まあ、わかってたんですけどね……。

あらためて間近で見ると、彼には昔の面影がしっかりと残っている。裏表のなさそうな澄んだ瞳に、スッと通った鼻筋。明朗《めいろう》さを物語る口角の上がった口元。――輪郭は、子どもの頃に比べるとだいぶシャープになっているけれど……素材は一緒だ。彼は子どもの頃から格好良かった。

（私もさほど変わってないと思うんだけどなぁ……）

素材は変わらないし。化粧も派手なほうではないし。

二十年近く昔のことだから、こういう反応は覚悟してたんだけどね。

すぐに切り替え、私も笑顔を作った。

「はじめまして。よろしくお願いします」

うん、それもいい。大人になったんだから一から関係を始めるのだって悪くない。どうせ縁のない他人のまま終わるかもしれなかったんだから。それに比べれば、全然いい。――そう割り切って彼との挨拶を終えようとしたとき、森場くんは〝ハッ！〟と何かに気付いた顔をした。

「吉澤さん、もしかして……！」

「えっ」

まさか思い出した⁉

一度落ち込んだ心が期待で盛り返す。奇跡の再会、あるかもしれない！

しかし私が喜んだのも束の間、彼は私の背後を覗き込むと——手のひらで背筋を〝さわさわっ〟と撫《な》で上げた。

「うっひゃあ……！」

突然のボディータッチに変な声が出る。え、今の何……？　ナチュラルに触ってきたけど、これって普通にセクハラでは……！　触られた意図も何もわからず、私は自分の身を守りながら森場くんから距離を取った。彼はまったく反省しておらず、手をわきわきさせながら私に近づいてくる。……どういうこと⁉

「な……なんなんですか！」

「吉澤さん、あなた……もしかしてウチのベッド使ってますか？」

「はぁ……？」

「具体的には、一昨年の秋に発売した〝Jシリーズ〟」

「えっ……あ！」

ぴたりと言い当てられて、思い出した。私が昨年ボーナスをはたいて社販割引で購入した、自社製品のベッド。眠りながらに体の歪《ゆが》みを取ってくれるという優れモノで──言われてみれば、森場くんが手掛けた製品。彼の出世作だ。

「そう、ですけどっ……」

それにしたって、なんで触れただけでわかったんだろう。気を抜くとまた体を触れかねないので油断できない状況。彼は興奮した様子で声をあげる。

「やっぱり！　めちゃくちゃ姿勢がいいから〝もしかして！〟と思って……あれいい商品なんだけど、かなり値が張るから社内でも使ってる人があんまりいないんだ。ずっと純粋なユーザーの声が聞きたいなぁと……！」

……ユーザーの声を聞くのにボディータッチはいりませんよね……!?

森場くんはまだ私ににじり寄ってきて、隙あらば全身をまさぐってきそうな雰囲気だ。なんだか想像していたのとはまったく違う展開になり、私が混乱していると、はたで見ていた湯川さんが私たちの間に入ってきた。

「森場、やめな。なっちゃんがヒいてる」

「えっ！」

「あ、いえ、ヒいてるとかでは……」

「ごめんねーなっちゃん。森場は自社製品バカなのよ。しれっと人の体で実験してくるから気をつけて……」

なんと……。

〝自社製品バカ〟と称された本人はやっとのこと冷静になったのか、わきわきしていた手を引っ込めてバツが悪そうにしていた。

「ごめん。吉澤さんの体を見ると興奮してしまって……」

「……それ、謝ってるのに超いかがわしいセリフに聞こえます」

「あれ、ほんとだ」

天然なのかな……？

そういえばそうだったかもしれない。小さい頃もちょっと抜けた子どもだったような気がする。それに、なんだか納得した。これだけ自社製品愛が強いからヒットも連発するし、社長を感動で泣かせたりするんだろう。

森場くんは言う。

「今ちょうどプロジェクトが大きく動き出すタイミングだから、一番やりがいがあって楽しい時期だと思う。一緒に頑張ろう」

「はい。お役に立てるように頑張ります」

結局私のことを彼は全然憶えてなかったけど、そんなの気にならなくなるほどワクワクしていた。会社のスーパースターの仕事が間近で見られるのだ。こんなにラッキーなことはない。

プロジェクトルームには常に人がいるわけではないらしく、みんな各々の仕事をしに外に出ていることが多いので、誰がどこにいるかは特に把握していないらしい。週に一回みっちりミーティングを行い、そこでそれぞれの進捗《しんちょく》報告と共有を一気にやってしまうんだとか。それ以外の連絡事項はチームのメンバーしかアクセス権のない共有フォルダの中で常に更新されているそうで、「そこはマメに見といてね」と湯川さんに教えてもらった。

広報の魔女・湯川さんはニュースリリースの作成をはじめ、〝どれだけの情報をいつのタイミングでどこに向けて発信するのがベストか〟を綿密に計算して作業しているらしい。その他にもWEBニュースサイトへの転載など情報の広がりを常にチェックしているそうで、〝同じ会社にいても知らない仕事がまだまだあるんだなぁ〟と私はしみじみ感じた。

最初の数日は関係者への挨拶と、〝LUXA〟のこれまでの経緯を頭に叩き込むのに時間を費やすことになった。共有フォルダの中の資料や過去のミーティングの議事録を読み込み、どうしても理解できなかったところは湯川さんや森場くんに質問したりしているうちに、意味不明だった単語も徐々に理解できるようになっていった。

そして迎えた初参加の打ち合わせ。〝LUXA〟のプロモーション設計には外部から広告代理店も入っていて、キックオフミーティングはすでに済ませたあとだという。今日は二回目の定例会議で、広告代理店からは商品ローンチ時の具体的なプロモーション案をいくつか提示してもらうことになっているらしい。

「ロクハラ寝具さんの大型新製品ということで、弊社も特に勢いのあるプランナーをアサインしてきました！」

そう言って広告会社の営業さんが自信満々に紹介してきたプランナーの男性は、確かにとても〝それっぽい〟風貌をしていた。蝶ネクタイがプリントされた遊び心のあるシャツを纏《まと》ったその人は、〝乙原禄郎《おとはらろくろう》〟という名前で、年齢は私や森場くんよりも三つ上。国立大学の建築学科を卒業したあと、今の広告代理店に入社し、一年目から数々の広告賞を獲得してきた新進気鋭のプロモーションプランナー……と、事前に配布された提案書の一枚目に書いてあった。

森場くんや湯川さん、その他の開発チームや営業さんの面々が並ぶ中、乙原さんが商品ローンチのプロモーション案を説明していく。

「お手元の資料よりスクリーンを見ていただいたほうがわかりやすいかと思います。まずひとつ目は手堅い案から。〝LUXA〟の商品認知を上げるためにネット上でバズらせるというもので、具体的には――」

乙原さんのプレゼンは過剰すぎなくて聞きやすかった。営業さんが〝すごいプランナー！〟と推してくるので、そのイメージだけでやり切ろうとしてないかな？と少し警戒してしまったけど、乙原さん本人は手堅い印象。それでいながら、複数ある案のうち最後には突き抜けたアイデアも用意されていて、〝なるほどプロの仕事だなぁ〟と感心してしまったくらいだ。

森場くんの評価はどうなんだろう……。気になってチラッと隣の彼を盗み見ると、彼は口元に手を添えて難しい顔をしていた。……悩んでる？

「弊社からの提案は以上です。ご不明な点や気になる点がありましたら、何なりと」

営業さんがそう締めるなり、森場くんが手を挙げた。

「どうぞ」

彼は他の人に〝先に質問をしていいか〟と目配せで確認したあと、乙原さんに向き直ってゆっくりと話し始めた。

「ご提案ありがとうございました。たくさん考えてきていただいて有難いです」

「恐縮です」

「それで――乙原さんの本命は最後の案ですよね？」

配布された資料をめくりながら森場くんが確認する。乙原さんは頷き「そうです」と肯定して、スクリーンのスライドを最後の案のページまでめくった。向こうの営業さんの意図はいろいろあったみたいだけど、ふたりは最初から最後の案についてしか話す気がなかったみたいだ。

最後の案は完全にイメージ戦略に振り切ったアイデアだった。男女共にバランスよく人気のある有名女優にプロモーターになってもらい、テレビＣＭだけでなく、出演するドラマや特集雑誌などにも一緒に製品を出してもらえるよう交渉するというもの。各メディアの判断もあるので確約は難しく、完全出来高制にはなるが、その女優の持つ〝優雅〟〝本格〟というイメージを製品に紐づかせるのは一番手っ取り早い戦略に見える。

森場くんはこう切り込んだ。

「確かにインパクトはありますが……それで実際にどれくらいの人が〝買いたい〟と思うでしょう？」

角《かど》を立てないように気を配りつつ、ただし、懸案事項《けんあんじこう》は正しく相手に伝わるように配慮された言葉選び。私は隣で息を殺してそれを聞いていた。

「お金を使えば派手なことはできます。ですが、今回の目的を考えた時に着地点が〝イメージアップ〟だけでは足りないと思います。認知アップとイメージアップは勿論ですが、もうひとつはなるべく多くの人に製品と触れ合って良さを実感してもらうことです。高価格帯商品は買う側も慎重になります。イメージだけでは売れない」

彼の言葉は裏を返せば、それだけ製品に自信があるということだ。〝触れてもらえさえすれば「欲しい」と思ってもらえるから、そこまでの導線を頼む〟と。その場にいた他の面々も同意見だったのか反対意見は出ない。少しピリッとした空気に、私はドキドキしていた。

乙原さんの反応はどうだろうか。上り調子のプランナーさんというと企画にダメ出しされることもあまりないイメージがあるけど、気を悪くしていないだろうか……。

私の心配は杞憂《きゆう》で、乙原さんは少し思案したのちにすぐこう言った。

「確かに、仰《おっしゃ》る通りですね。少しイメージに振りすぎました。もっと〝体験〟にフォーカスした案を練ってくるので、来週もう一度お時間いただけますか？」

「勿論《もちろん》です」

「森場さんの中で具体的なビジョンがもしあれば、それもお聞きしておきたいです」

「実はですね……」

おお……。

いつの間にか森場くんと乙原さんのふたりの世界が出来上がっていた。その場で〝ああでもない、こうでもない〟と議論が始まり、企画が形を成していく。プロ同士が組むとこうなるのか……。

こうなると他の面々も入っていけないらしく、森場くんと乙原さん以外のメンバーは会議机のもう半分に集まって別の議論を始めた。私は隣の湯川さんにこそっと尋ねる。

「あっちはお任せでいいんですか？」

「うん。森場が入ってれば変なことにはならないからね。我々はある程度まとまった段階でブラッシュアップの意見を出せば大丈夫よ」

「そういうものですか……」

〝さすが信頼されてるなぁ〟と感心していたら、隣からガシッと肩を掴まれた。

「あうっ」

肩を掴んできたのは森場くんだった。強い力で抱き寄せられ、私は乙原さんと森場くんの打ち合わせの中に投入される。

「吉澤さんは最初からこっち」

「あらあら」

湯川さんが〝仕方ないわねぇ〟と笑う気配を感じながら。

(……えぇ⁉)

三人で同じ提案書を覗き込んでいたから、顔が近くなるのは仕方のないこと。しかし、私を話し合いの場に引き込むなりすぐに白熱した議論を再開した森場くんは、片方の手を隣の私の膝の上に置いていた。なぜか。

(なにこの手⁉　えっ……どっ、どう……どういう……えぇっ……！)

当の彼は気付いているのかいないのか、真剣な顔で提案書に視線を落とし熱弁を振るっている。

「店舗でもその場で軽く寝心地を試してもらうのは普通にやっているので、できればがっつり一晩眠る体験をしてほしくて……」

私だって真面目に話し合いたいのに、膝の上に置かれた手が気になって全然集中できない！

手のひらの温度がスカートとストッキングの生地越しにじんわりと伝わってくる。

「どけて」と言ってしまえばいいのだろうけど、真剣な横顔を見ていると議論に水を差すのが憚《はばか》られた。伝えるタイミングを逃し続ける私は、提案書と膝の上を交互にちらちら見るばかり。

「一晩眠るとなると単純なブースでは無理ですね」

「ですよね。でもただ〝高級なベッドで一晩眠ってみませんか〟っていうのも惹《ひ》きが弱いし……」

ふたりが煮詰まって会話が一時中断したところで、やっと、私は声をあげた。

「あのっ……！」

「ん？　吉澤さん、何かいい案あります？」

なぜこの状況で普通に会話ができる！

至近距離でまっすぐ見つめられながら意見を求められると、〝動揺している私のほうがおかしいんだろうか〟と不安になってしまうけど、そうじゃない。絶対に森場くんのほうがおかしい。

「そうじゃなくてっ……！」

やっと声をあげたものの、どうしよう。今は得意先の前だ。乙原さんがいる前に「膝の上に手が載ってますよ」って……言えないでしょう！　よくわからないけど仕事中にイチャイチャしてたみたいじゃない。別に付き合ってもないのに！

どうにか森場くん自身に気付いてほしくて、私は一生懸命視線の動きで訴えた。森場くんの瞳と自分の膝の上に交互に目をやって、〝手が載ってるよ！〟とアピールした。けれど森場くんはまったくピンときていなくて、眉を顰《ひそ》めて「んん……？」という顔をする。

そうこうしているうちに乙原さんが私の視線の動きに気付いてしまい、〝何かあるのか〟とテーブルの下を覗き込んだ。

「……あ」覗き込むのをやめて姿勢を正した乙原さんは、正面の席から私たちを見て、ぽそりと言った。

「付き合ってる……？」

「付き合ってません！」

思わぬ疑惑に驚いた私が即刻否定すると、森場くんはそれに合わせてケロッとした顔で答えた。

「だそうです」

「森場くん！」

ちゃんと否定して！

ミーティング終了後、私と森場くんのふたりで広告会社の営業さんと乙原さんを一階エントランスまでお見送りしたあと、プロジェクトルームに戻るエレベーターの中で彼に猛抗議した。

「誤解されるようなことは困ります……！」

「いやぁ、すみません。まさか手を載せてるとは思わなくて……」

バツが悪そうに頬をかく森場くん。彼は本当に議論に夢中で気付いていなかったようで、手が私の膝の上に載っていることを乙原さんから指摘されると「うぉ!?」と慌てて手を離していた。

（ナチュラルセクハラマシーン……）

今まで他の女性社員に同じようなことをしてないか不安になった。彼は「誓ってやってません！」と言っていたけど、どうだろう。悪い噂は聞かないから本当なのかな……。

それにしたって、得意先である乙原さんに「付き合ってる？」と訊《き》かれてしまうなんて。

「乙原さんも本気で言ってないですよ」

さっきまでバツが悪そうにしていたのに、森場くんはケラケラと笑っていた。

絶対にそんなことないと思う。乙原さんは去り際、ヒソヒソと私に「大丈夫ですよ、俺、得意先の秘密は守るので！」と耳打ちしてきた。その後は私がどれだけ否定しようとも、〝バレるのを恐れて否定しているだけ〟と見なされて弁解を聞いてもらえなかったのだ。

森場くんはそれをわかってくれず、更にはこんなことを言ってくる始末。

「それとも吉澤さん、乙原さん狙いですか？」

「は……？」

「もしそうなら、俺とのことはちゃんと否定しておきますけど……」

そう言いつつも不本意そうな顔を向けられ、私は答えに困った。

乙原さん狙いも何も。初対面ですし。お仕事ですし。

「……そんな浮ついた気持ちでいると思われるのは、心外なんですが」

「ああ、ごめんなさい」

そう言うと彼も失礼だと思ったのか、顔の前で手を振って発言を取り消していた。

私はツンとしながら、さっきの打ち合わせで彼との距離にドキドキしてしまった自分を省《かえり》みて内心シュンとした。「心外」と言いつつ、浮ついた気持ちがまったくなかったとは言えない自分が嫌だ……。

「……相手が乙原さんだったから、まだよかったですけど」

「え？」

「なんでもないです」

乙原さんは社外の人だから、変な誤解をされたところで大きな影響はない。だけど、これが社内の人だったらと思うとゾッとした。〝付き合ってるの？〟なんて噂が立とうものなら、社内に数多くいる森場ファンからどんな目で見られるか……。ただでさえプロジェクト入りで悪目立ちしているのに。

森場くんは仕事に熱が入ると周りが見えなくなるということがわかったから、プロジェクトルームの外で迂闊《うかつ》に彼に近寄るのはよそう……と心に決めたのだった。

エレベーターがプロジェクトルームのある十五階に到着し、〝開〟ボタンを押して彼に先に降りるよう促す。森場くんもすでに反対側のパネルの〝開〟ボタンを押していて「女性が先にどうぞ」と促してくるので、結局私が根負けして先に降りることになった。ナチュラルに女性扱いされて少し照れてしまったことは内緒だ。

浮足立つ私に対し、森場くんは仕事の話をする。

「そういえば、打ち合わせの終盤に吉澤さんが出してくれた案なんですけど」

「ええ」

「めちゃくちゃいいと思います。あれなら確かに一晩眠って試してもらうことができるし、製品体験としては最高のシチュエーションですよね」

……褒められた！

ワンクッション置いてから褒められたことに気付いて、一気に気持ちが高揚した。

「ほんとですか……？　ただの思いつきなので、どうかなぁと思って……」

森場くんが褒めてくれたのは、私が乙原さんとの打ち合わせで〝何もアイデアを出さないのは気まずい……〟と、自信がないながらも絞り出した案だった。

あの場でも軽く褒めてくれたけど、本当にいいと思ってくれているとは思わなくて。

「企画なんてそんなもんです。最初はただの思いつきで、それがなぜいい企画なのかはあとから言語化して形にしていくもんでしょ。あれはもう吉澤さんの企画の第一歩ですよ」

まだ何も形になっていないのに、もう何か報われたような気持ちになった。認めてもらうって嬉しい。認めてくれた相手が森場くんで、更に嬉しい。

彼は更に殺し文句を言った。

「吉澤さんがプロジェクトにきてくれてラッキーでした」

「わっ……私も！　私もこのプロジェクトに入れて、ラッキーでしたっ……」

「そう？　そう思ってくれると嬉しいなぁ」

ほのぼのと胸が温かくなるやり取り。――この時の私は、自分が誰の策略で今ここにいるのかを知らなかったのです。


乙原さんとの打ち合わせから数日が経ったある日。〝ついに新製品ベッドのプロトタイプが完成した〟と一報が入った。

「早速試してもらおうと思ったんだけど……森場と吉澤さん以外は外出中か」

〝LUXA〟チームで実質のモノ造りを担う技術開発部の斧田《おのだ》さんは、大柄で強面《こわもて》。一見すると近づきがたいオーラを放っているが、今は肩を落とし、目に見えてシュンとしていた。やっとのこと完成したプロトタイプをいち早くみんなに見てほしくて息巻いて来たのに、ふたりしかいなくて肩透かしを食らったようだ。

「はいはいはいはいはいはい！　行きます、斧田さん！　今すぐ見たいです‼」

「私もっ……！」

森場くんを真似て高く挙手する。百八十センチを超す巨体の斧田さんにふたりして詰め寄ると、斧田さんはちょっと嬉しかったのか勿体《もったい》ぶり始めた。

「ほんとか？　そんなに見たいか？」

「見たいです！」

「どうしても？　今すぐ？」

「一秒も待てません！　喉から手が出るほど見たい‼」

「よーしじゃあ付いてこい！」

喜色満面《きしょくまんめん》の笑みを浮かべる斧田さんが可愛い。意気揚々とプロトタイプのある部屋へ案内してくれる斧田さんのうしろに付いて歩きながら、私と森場くんは顔を見合わせて笑った。

技術開発室はプロジェクトルーム以上にセキュリティーが厳重で、社員証は勿論のこと、その他に数字のパスコードも必要になるらしい。斧田さんは慣れた手つきで数字パネルを操作し、技術開発室のロックを解除する。

自動で開くドア。入ってすぐのところに、見るからに高級そうな一台のベッドがディスプレイされている。

「ほわぁ……」

私は思わず口を開けて感嘆してしまった。ベッドだ。当たり前だけど。

見た目は〝ただの高級ベッド〟だけど、まだ世に出る前の新製品を社内でもいち早く目撃しているんだと思うと興奮する。

それは森場くんも同じようで、彼は絶句したままベッドの反対側に回り込み、ベッドの傍にしゃがんでスプリングの弾力やマットレスの厚みを確認しながら目をキラキラさせていた。

「斧田さん……これ、かっけぇ！」

斧田さんは森場くんの反応や感想に大いに満足し、鼻高々で言う。

「色味や質感はまだまだ調整が必要だが、機能はほぼ百パーセントに近いと自負している」

「いやぁ……いいッスよ。これまでのシリーズに負けないくらい洗練されてて……寝てみてもいいですか？」

そう言いながらすでに靴を脱ぎかけている森場くん。たとえ斧田さんが「ダメ」と言ってもベッドに飛び込みそうな勢いだ。これにはさすがに斧田さんも苦笑しながら、「もちろん、いいよ」と返事をした。

「ありがとうございます！」

「純粋な最初の寝心地を教えてくれ。……あ」

ちょうどその時、斧田さんの首に提げられている社用携帯が彼を呼び出した。お尻のポケットから携帯を取り出した斧田さんは、携帯の表示を見て顔を曇らせる。

森場くんがスプリングの弾みを手で確認しながら尋ねた。

「出ないんですか？」

「いや、気にしないでくれ。たぶんあの件だ……時間がかかりそうなやつだから、あとでかけ直すよ」

しかし着信音は途絶えず、斧田さんを呼び出し続けている。

私たちが「気にせず出てください」と促すと、〃失礼〃と手で合図して斧田さんは電話に出た。

斧田さんがこちらに背を向けて部屋の隅で通話を始めるなか、森場くんは今にもベッドにダイブしそうだったところをグッと我慢して、ちらりとこっちを見る。

「吉澤さん。入ってみてください」

「え？」

森場くんが先に入ったほうがいいのでは……？

そう言い返そうとしたものの、彼がそう言うからには何か意図があるのかもしれない。〃女性の第一印象が聞きたい〃とか。

　それならここは譲らず、彼に言われた通り私が先に試したほうがいいのかも。

「わかりました。それじゃあお先に……」

　頷いて了承し、私はパンプスを脱いだ。スカートがまくれ上がらないように気をつけながらベッドの中に入る。

（わ……）

　マットレスに背中を預けた瞬間、包み込まれるように体が沈み込んだ。家にある〝Jシリーズ〟のベッドもたいがい沈むけれど、このベッドは浮遊感が違う。

「どうですか？」

「す……すごい！」

「何がどうすごい？」

「体がっ……え、なんだろう、これ……背中から蕩《とろ》けていくみたいな……」

「その表現いいですね！」

　森場くんはしゃがんだままベッドに頬杖を突き、満足げな顔で私を見下ろしてくる。

「狙ったのはまさしくソレ。〝横になった人の体から余計な力を抜いていくことってできませんかね〟って斧田さんに相談したのが始まりです。最初は〝言うのは簡単かもしれんけどな！〟って怒られたけど、できちゃうんだなぁこれが！　ウチの技術者は天才ばっかりだから」

宝物を自慢する少年のように無邪気に笑う森場くんの笑顔が眩しかった。高い理想と、スタッフへの尊敬と信頼からこの新製品はできている。

いい仕事が生まれる現場を直に見られた気がして、ひそかに感動していると、森場くんは驚くべき行動に出た。

「もうちょっとそっち寄れます？」

「え？」

「よいしょっと……」

「……えぇっ⁉」

靴を脱いだ森場くんが、私が寝ているベッドの隣に侵入してくる。必然的に私は彼と距離を取るようにベッドの端に追いやられ、逃げ場をなくす。

「これね、メインをダブルにしようと思ってるんです。だから眠る人数や位置によってベストな形状になるようにボンネルコイルじゃなくてポケットコイルを採用して……」

「へ……へぇ……！」

何やら真面目に説明をされているみたいですが、まったく頭に入ってきません！

だってこれ、いくら仕事とはいえ〝添い寝〟というやつでは……？

「あ～……うん、これは……蕩ける～……」

ふにゃん、とベッドの中で体を開いた森場くん。その拍子に彼の膝頭《ひざがしら》が私の膝に触れ、〝ビクッ〟とした私は直立する。

「あ、ああ、あのっ……」

「やばいですね、これ……あー、これはやばーい……」

やばいですよ！　いろんな意味で。

斧田さん早く帰ってきて！

（どうしてこんなことに……）

気になっている相手と会社の中で添い寝なんて、漫画じゃないんだから。っていうか漫画でもここまでの条件が整うのは難しいでしょう。ほんとにどうしてこうなった……。

布団の中の温度がどんどん温まっていって、〝もうこれは私だけの体温じゃない〟とわかってしまうほど。ゆるゆると溶ける熱を分かち合う感じが無性に恥ずかしく、私は目深に布団を被《かぶ》ってひとり照れていた。

すると不意に、隣の森場くんが小さく笑う気配がする。

「懐かしー」

——などと、そんなことを仰るので。

私は顔を彼のほうに向け、ぽかんとしてしまった。

「…………〝懐かしい〟？」

「懐かしくない？　よく一緒にお昼寝させられてたじゃん」

「は」

「俺んちのベッドで。……ね、〝なっちゃん〟」

「あ……う、え……」

——青天の霹靂《へきれき》。とんでもなく不意打ち。

このプロジェクトに入ってからもうけっこう経っていたから、完全に油断していた。

（お……憶えてた——!?）

空耳？　幻聴？

目の前では変わらず森場くんがニコニコしている。

私はうまくリアクションをとれないまま、現実だと確信しきれずに——。

「え、わ……おいっ！」

「ひゃ……！」

驚きと恥ずかしさのあまり慌ててベッドを降りようと、彼とは反対方向に勢いよく転がっていこうとした私を、彼の腕が捕まえる。視線のすぐ先は崖。すでにベッドの縁ギリギリの場所にいた私は、それ以上転がると床に落下してしまうところだった。

「びっっっくりした……何してんの、危ないな」

びっっくりしたのはこっちです‼　……と抗議できない状況になっていた。落ちるギリギリのところを捕まえられたがゆえに、森場くんにうしろから抱きしめられる体勢になっていた。しかもベッドの中で。さっきまでゆるゆると分け合っていた体温を、今は背中にダイレクトに感じていて、頭が沸騰しそうだ。

「あ、ああ……」

「あ……なっちゃん超いい匂いすんね。めっちゃ癒される……寝そー……」

欠伸《あくび》まじりの声と、緩くお腹の前に回された腕に翻弄《ほんろう》され、私はびっくりして背後の彼を振り返る。

「だっ、ダメですよ⁉　……あっ……」

顔だけ彼のほうに向けると、森場くんは目を閉じてうとうととしていた。至近距離でまじまじと見つめて初めて気付く。目の下にうっすらと見えるクマ。

確かに彼はめちゃくちゃ働いている。これまでいくつか同じ打ち合わせに出席する中で、〝いつの間に作ったの？〟という資料がたくさんあった。企画を任されている分、体力だけじゃなくて気力も使うはずだ。

（動かないほうがいいのかな……）

私は森場くんの腕にがっちりホールドされて動けないでいる。

さっきの斧田さんの口振りからして電話は長引きそうだったから、もう少しだけ、このまま寝かせてあげてもいいのかな……。

そんな気持ちになりかけていた時、背後の森場くんが「んん……」と声を漏《も》らしながら――その手をあらぬところに動かした。

「うぇっ⁉」

そこは……アウトなやつ！

「だめっ……だめ！　森場くん起きて！」

「んんー……？」

「耳元でそんな声出さないでっ……あ！　ダメだってば！　手もそこから動かしちゃダメぇー！」

私たちの他に人がいなかった技術開発室は、一気にパニックルームに。

寝ぼけている森場くんの手が更に不穏な動きをするのを必死でブロックして抗《あらが》っ

ていると、ちょうどそこに通話を終えた斧田さんが戻ってきて……。

「確認の途中で悪かったな。寝心地はどう──って、お前ら！」

「あっ、違うんです！」

途中まで早く斧田さんに戻ってきてほしいと願っていたものの、今じゃないです！

こんな状況になる前に見つけてほしかった！

明らかに何か誤解をしているような、ギョッとした斧田さんの視線がつらい。見つかってしまった私は必死で首を横に振り無実を訴えるが、それも森場くんの腕の中では説得力がない。

「斧田さん誤解しないでください！　私と森場くんは、別に──」

斧田さんは私たちを直視しないように手で顔を隠しながら嘆く。

「開発室でいかがわしいことはやめてくれ……！　他所《よそ》でならいくらやってもいいから！」

「違うんですってば！　やましいことは何も……！　っていうか森場くんちょっと、さすがに起きてるでしょ！　寝たフリやめて！」

斧田さんが戻ってきたあたりから、私のうなじ辺りで「くくっ……」と笑いを噛み殺していた森場くん。彼は目を開けてけろっとした顔で言う。

「いやぁ、抱き心地はしっかり試さないと…………あ、間違えた。寝心地だった」

「森場くん――‼」

シチュエーションが誤解を呼び、森場くんの発言が更に誤解を真実たらしめて、斧田さんに〝冗談だった〟と理解してもらうのにはものすごく時間がかかった。

(乙原さんに続いて斧田さんまでも……)

技術開発室からプロジェクトルームへの帰り道。最終的に誤解が解けたからよかったものの、森場くんが面白半分で誤解を加速させようとするので私はどっと疲れていた。

「も……ほんとに、森場くん。いい加減にして……」

「ごめんごめん。いや、でもさ。お陰でちょっと何か掴めた気がするんだ～」

あのやり取りで一体何が掴めたというの……。

絶対に〝からかわれただけ〟だと思った。でも森場くんが、一切の下心を見せず純粋な目をキラキラさせているから、〝あ、これほんとに仕事のことしか考えてないな……〟と思わせられた。

よくよく考えれば、森場くんクラスの人が私に下心を持つとも思えない。百パーセント仕事目的だったんだと思うと、〝やっぱそうだよなぁ〟と納得してしまう。

同時に少し落ち込む。ちょっとでもドキドキしてしまった自分が馬鹿みたいだ。

（……でも……私のこと憶えててくれたんだよね）

それだけはとてつもなく嬉しい。子どもの頃の思い出を大事に持っているのは自分だけだと思っていたから、そうではなかったと知って嬉しい。

ちらりと隣の森場くんの顔を盗み見る。彼の横顔は、今にも鼻歌を歌いだしそうなくらい、なんだかとっても機嫌がよさそうだ。

もう一回、昔の話をしてもいいかな？　さっきは斧田さんに弁解するのに必死で突っ込んだ話ができなかったけど、もっと聞きたい。彼が昔のことをどれだけ憶えていて、それを今、どんな風に思っているのか。

好奇心がムクムクと湧いてきて抑えきれず、私は意を決して彼に思い出話を振ろうと。

「っ……あの！　森場く――」

「吉澤さん！」

「は、はい！」

話しかけたらそれを上回る勢いで名前を呼ばれ、とっさに返事をする。

廊下のど真ん中で立ち止まり、私の顔を見た森場くんの顔は真剣そのもの。よくよく見ると、彼は少し頬を上気させて、興奮していて、何か抑えきれないパッションを放っていた。

「な……なに……？」

昔話をするにしてはいささかテンションが高すぎる。こんなに真剣な顔で一体何を言われるのか。一ミリも想像がつかなくて、緊張しながら待っていると。

彼は言った。

「俺………ちょっと、ほんとにいいこと思いついたかもしんない」

「え？」

「パートナーと使うベッド……体の弛緩《しかん》……安らぎ。……うん、いいアイデアな気がしてきた！」

森場くんは何かをぼそぼそ口走ったかと思うと、私の両肩を力強く叩いた。

「ありがとう吉澤さん！　俺、ちょっともう一回斧田さんと相談してくるわ」

「え！」

「あと情報収集に他部署回ってくるから、先に戻ってて！」

「……えぇーっ」

言葉の途中で森場くんはもう走り出していて、気付けばどんどん背中が遠ざかっていた。呼び止められるような隙はなく、彼と思い出話をしたかった私の気持ちは宙ぶらりんになる。

「も……森場くん……」

ちょっと切ないけど、お役に立てたならよかったです……。

二章　アイデアマンの〝嫁〟に任命されました

　私とふたりでプロトタイプベッドの使用感を試した翌週の月曜日、ベッドに「オプション機能をもうひとつ足したい」と言い出した森場くん。

〝パートナーを抱きしめたまま眠ってしまった時にも最適な構造に変化する仕様にできませんかね？〟

　朝一に彼が撃ち込んできた提案に、〝ＬＵＸＡ〟チーム一同は戦慄し、〝完成目前〟だと思っていた斧田さんは泡を吹いた。

「今の段階でそういった仕様変更ってできるんですか……？」

　事態の重さをいまいち測りきれなかった私は、隣の湯川さんに小声で尋ねた。早くも森場くんの提案についてその場にいた数名が議論を白熱させているなか、湯川さんも小声で返してくれる。

「オプションだし、基盤をいじるわけではないんだろうけど……できるかできないかって言うより、〝やる〟って感じね。死ぬのは主に斧田さん。まあでも……社長の肝煎《きもい》り企画で〝森場の好きなようにやらせろ〟ってことになってるし、却下はできないだろうなぁ」

「なるほど……」

湯川さんの説明通りだった。なかなか首を縦に振らなかった斧田さんだけど、最終的には森場くんの説得に折れる形で〝LUXA〟の新機能追加が決定した。

機能が増えれば、広告で謳えることも変わる。プロモーションのアイデアの幅も広がる。反対に、〝何を前面に押し出していくか〟が重要になってくる。斧田さんのみにのみならず、チーム一同てんやわんやになった。

当然、森場くんとふたりきりになる機会もなければ、昔の思い出話を持ち出せるような雰囲気でもない。

ベッドの完成自体が少し先延ばしになり、技術開発室にこもることになった斧田さんから「もう後出しはなしにしてくれ！　アイデアがあるなら全部先に言って！」と泣きつかれ、〝LUXA〟チーム一同は「それもそうだ」と納得した。

湯川さんは腕を組み、美しい眉を困ったようにハの字にして言う。

「確かに、森場が何か思いつくたびに延期にしてたんじゃキリがないわよね」

「申し訳ないです……」

チームのメンバーで部屋の中央の机を囲んで話し合う中、私は森場くんの隣に座って彼の様子を間近で見ていた。自分の発言によってプロジェクトの進行が遅れることを森場くん自身も申し訳なく思っているようで、彼は少しシュンとしている。

森場くんは言いにくそうに発言した。

「企画段階で出しきっておくべきことだと思うので、本当に申し訳ないんですが……ここにきて次から次に浮かんでしまうというか。そういうモードに突入してしまったみたいで……」

「っていうことは、まだ出てくる可能性があるのか……！」

斧田さんの悲鳴のような問いかけに心苦しそうに頷く森場くん。〝嘘はつけない〟といった感じだ。

森場くんだって、いたずらに製品の完成を遅らせたいわけではないはず。けれど〝こうすればもっといいモノができる〟と確信してしまったら、黙っているわけにはいかないんだろう。その気持ちもわかる。

みんなもそれを理解しているなか、しかしどこかで区切りはつけないといけないことに頭を悩ませている。「う〜ん……」と悩む声が方々から聞こえるプロジェクトルームの中で、私はおそるおそる挙手した。

「あの……思い切って、しばらく開発をストップするのはどうでしょうか」

チームの面々の視線が一気に私のもとへ集まってくる。

（あっ、これ、なかなかのプレッシャー……！）

社内のスターの面々はみんな目力がある。私よりもずっと経験値があって賢い人たちが、私の発言に注目して評価を下そうとしているのは、考えてみればものすごいシチュエーションだった。

肌がビリビリする。油断すると声が震えそうになるのを堪えながら、私は続けた。

「今がアイデアが浮かびやすい時期だというなら、たとえば〝二週間〟とか期限を設けて……森場くんには企画に専念してもらって、悔いのないよう出しきってもらったほうがいいんじゃないかと思いました」

静まり返るプロジェクトルーム。みんなが一斉に頭の中の電卓を叩き始めたのがわかった。それぞれのセクションにおいて〝二週間〟のロスは許せるか。それを差し引いても森場くんのアイデアに期待する価値があるか。

後者はたぶん心配ない。彼は社長からも絶対の信頼を寄せられるエース。問題があるとしたら前者だ。時間の皺寄せによって短い時間の中でこなさなければいけなくなる業務のことをみんな心配している。「言うのは簡単だけどさ」という雰囲気が感じ取れた。

私は自分の言葉が無責任に聞こえないように、精一杯言葉を尽くす。

「もっ……もちろん！　遅れることで膨らむ業務は私もお手伝いします！　私にできることならなんだってします……！」

再び沈黙。私の宣言を加味して再び脳内電卓が叩かれる。

（……大口を叩いてしまった！）

〝私にできることならなんでもする〟とは言ったが、最近プロジェクトに入ったばかりの私に何ができるというのか。自分にこんな大口を叩く権利はなかったのではないか。

嶋尾《みぞおち》の辺りがキリキリして仕方がない。黙って審判を待つ。隣の森場くんの顔を見ると、彼はきょとんとした顔で私のことを見ていた。

そして沈黙の中、湯川さんが口を開く。

「……そうね。まだ追加があるかもしれないのに開発を動かすのは不毛だし、待つ期間としても〝二週間〟は妥当かもね」

それに反応して斧田さんも。

「そうだな……こっちとしても、同時並行で動くよりはそのほうが有難いな。森場。二週間でいけるか？」

「はい！」

彼は意気揚々と返事をしていたが、私は〝ほんとに二週間でよかったんだろうか〟と不安になった。私が勝手に例で挙げてしまった期限に決まってしまったけど……。

隣の彼に小声で「勝手なことを言ってごめん」と謝ると、森場くんは顔をくしゃっと笑わせて「なんで？　吉澤さん最高」と褒めてくれた。

それから彼は続けて、チームの面々にこう言った。真剣な顔で。

「俺のワガママで本当にすみません。時間をいただいたからには今よりも絶対にいい企画にしますので、どうか力を貸してください。……それから、ワガママついでに――」

みんながエースの真剣な話を、真剣な面持ちで聞いていた。〝ここまできたら何でも来い〟と頼りになる雰囲気。〝お前の言うことなら聞いてやる〟という厚い信頼が見える。

（スターが揃うとこんないいチームができるんだなぁ。偶然とはいえ、こんな場に混ぜてもらって有難いなぁ……）

そうしみじみ感じながら、私も森場くんの話を聞いていたら。

彼の〝ワガママついで〟の要求はものすごい内容だった。

「俺、吉澤さんと結婚したいです」

（…………んんっ⁉）

目ん玉が飛び出る……という表現は、もう古いでしょうか。でもまさしくそんな感じだった。彼が言葉を発してから私がその意味を理解するまで三秒ほど。空耳を疑い、幻聴を疑い、しかし森場くんが澄みきった目で前を見据えているので、私はワケがわからなくなった。

「……うぇっ……えぇっ……？」

混乱したのは私だけじゃない。真剣な顔をしていた〝ＬＵＸＡ〟チーム一同もぽかんとして、今は〝何言ってんだコイツ〟という顔で森場くんのことを見ている。

またしても先陣を切ったのは湯川さんだった。彼女は先ほどよりもよっぽど困り切った顔で問いかける。

「えっ、ごめん森場……どういうこと？　なっちゃんも愕然《がくぜん》としてるけど……」

「あ！　意味わからないですよね！　すみません！」

周囲の異様な空気に気付いたらしい森場くんが大慌てで弁解を始める。顔の前で大きく手を振りながら、メンバーと私の顔を交互に見て。

「実は、アイデアがぽんぽん浮かぶようになったキッカケが、吉澤さんとプロトタイプを一緒に試したことなんです。恥ずかしながら俺、恋愛はここんとこご無沙汰《ぶさた》で……彼女とかもしばらくいなくて。女性とふたりでベッドに入ることがなかったから、正直〝こんな感じかぁ〟って感動して……」

「森場くん……⁉」

またそんな誤解を招きそうな言い方して……！

今すぐ彼を黙らせたくて手で口をふさいでしまおうか迷っていたら、意外にも斧田さんが神妙なトーンで応じた。

「それで？」

（〝それで〟⁉）

森場くんもふざけている様子は一切なく、斧田さんと同じ神妙なトーンで答える。

「はい。吉澤さんに製品開発のために協力してもらえたらと思っています。夫婦やカップルユースを意識して〝ダブル〟をメインにしてたのに、俺自身がユーザーのインサイトを理解しきれていないことがずっとネックでした。だから……ねっ！」

（〝ねっ〟⁉）

森場くんはキラキラした笑顔を私に向けて同意を促してくる。

〝カップルユース〟とか〝ユーザーのインサイト〟とかそれらしい言葉で説明されたものの、私にはさっぱり理解できません。それと「結婚したい」発言に一体何の関係が！

正直に「それはよくわからないです！」と反論しようとしたら――。

「幸いにも、吉澤さんはさっき〝私にできることならなんだってします〟と言ってくれたので……」

森場くんのその言葉に、私はピタリと動きを止める。〝誰がそんなことを……〟と一瞬思ったけれど……言った。私、確かにそう言いましたね。……いや、でも！

（まさかそんなことを命じられるなんて誰も思わないでしょう……！）

想定外もいいところですよ！

しかし確かに「なんだってします」と言ってしまった手前、何と言ってこの場を切り抜ければいいのか。私の思考が追い付けないでいるうちに、賢い人たちの間で話がまとめられていく。

「具体的にどうするわけ？」

湯川さんの純粋な疑問に、森場くんはこう回答した。

「うーん……知りたいのはリアルな夫婦の気持ちなんです。だから皆さんも、俺と吉澤さんのこと、しばらく本物の夫婦として扱ってもらっていいですか？」

「〝本物の夫婦〟ねぇ……」

形のいい眉を顰めて、湯川さんが難色を示す。ですよね！　いくら森場の発案とはいっても、こんな突飛な話に賛同はできないと思う。

しかし森場くんは引き下がらない。

「やるからには徹底的にやりたいんです。二週間っていう大事な時間をいただくぶん、絶対に損はさせません」

これまで何人もの関係者を説得してきたであろう、お得意の口上。私はうっかり〝格好いい〟なんて思ってしまった。

そして湯川さんは。

「……なるほど。わかったわ」

（〝なるほど〟⁉）

今の説明で納得してしまえるものでしょうか。たしかに格好よかったけど、あれでいいんですか⁉　凡人《ぼんじん》の私にはわからない。……ほんとに〝私が凡人だから〟？　ほんとにそれが理由？

まだぐるぐる悩んでいた私。気付けば森場くんが下から顔を覗き込んでいた。無防備な接近に、私は性懲《しょうこ》りもなくドキドキした。うらやましいほど綺麗な肌。整った顔のパーツ。

「そういうわけだから吉澤さん。〝なんでもする〟の手始めに、まずは俺のアイデア出しを手伝って。二週間で手の加えようがない完璧な企画をつくろう！」

「……あ…………はい」

なかなかなトンデモ展開だったけど、あの場にいた人は誰ひとりとしてふざけている様子はなく、「すべては新製品の成功のため」と大真面目な顔をしていた。

この時の私は、〝社内のスターを集めたというあの集団は、実はみんなアホなんじゃないか〟と思い始めていた。

（そんな風に思っちゃダメか……）

私が追い付けなかっただけでみんな真剣に判断したんだ。そして何より、森場くんの仕事への情熱は本物だった。一点の曇りもなく、純粋に〝完璧な企画〟を練り直すためにあんな提案をした。それなら私だって、チームの一員として役に立ちたい。

〝吉澤がプロジェクトに来てよかった〟と思ってほしい。

ただ気になるのは……いくら仕事とはいっても、男女がひとつ屋根の下で暮らすのは、さすがにマズくないですか？

「今日から吉澤さんには俺の部屋で生活してもらいます」

「えっ」

新製品開発のために私が森場くんの嫁役になることが決まった直後、プロジェクトルームの隅っこにある私のデスクで、彼と詳細を打ち合わせすることになった。

「斧田さんにお願いして、あのプロトタイプを今日にも俺の部屋に入れてもらうことになったから。俺たちは二週間あのプロトタイプベッドで一緒に眠って、改良案や新アイデアを出せるだけ出し尽くす。吉澤さんにも案を出してほしいんだけどいい？」

「あっ……わ、わかりました」

〝仕事とはいえ付き合ってもない男女が添い寝ってやばいのでは……〟なんて意見する間もなく、森場くんが業務面の話をするからタイミングを逸してしまった。いま水を差したら私のほうがやましい気持ちを持っているみたいになる？

（否定できない……）

私は少なからず、森場くんに好意を持っている。入社してから声をかけることはできなかったものの、ずっと気になっていた幼馴染で、その上同じプロジェクトに配属されてからは彼の仕事を間近で見て、〝やっぱりすごい人だ〟と人として尊敬している。

とんでもない展開だし、戸惑っているけど、内心ちょっと〝嬉しい〟と思ってしまっている自分がいた。そんな自分のことが少し恥ずかしい。周りを見ると誰も彼も仕事として真剣に考えているのに、私ひとり、〝しばらく森場くんと一緒にいられる！〟とドキドキしてしまっていて。

「……森場くんは私でいいんですか？」

「え？」

「森場くんがリアルな夫婦をイメージするにあたって、私じゃ力不足なんじゃないかなって……。〝やっぱりうまく想像できないな〟ってことになったら申し訳ないというか、私は……この企画、絶対に成功してほしいので」

「……あー」

彼はペンを持った手を口元に当て、しばらく考えていた。

私は一瞬だけ〝余計なこと言っちゃったかも〟と後悔した。個人的な願望で言うなら、森場くんが私を実験相手にふさわしいと思っていてくれるほうが都合がいい。だけどそれはあくまで〝私の願望〟だから。彼がこの実験で〝新製品をより良くしたい〟という確固たる目標を持っていると知っている。それなら、自分の願望よりも、客観的に見て適任かどうかを見極めたい。

森場くんは悩んだ末にこう言った。

「俺は吉澤さんがいい」

「え？」

私の頭にぽんと手を載せ、一点の曇りもない瞳で彼は言う。

「吉澤さんももう気付いてると思うけど、俺、仕事が第一優先なんだ」

「……知ってます、けど……」

そうでなければ〝ターゲットになりきるために本物の夫婦として振る舞う〟なんて突拍子もない案、出てこないと思う。思考は正直行き過ぎてると思うけど、仕事に対して真摯《しんし》なのは彼の美点だ。

「〝企画を成功させる〟ことへの執念に限っては誰にも負けないつもりだよ。失敗しそうだと思う策は採用しないし、今回だって一番適任だと思う人を選んだ」

「……森場くん」

頭に載せられた手が、私の髪をくしゃくしゃと撫でる。頭の中のモヤモヤを吸い出すように撫でまわして、トドメに彼はニカッと八重歯を見せて笑った。

「お互い子どもの頃のことを知ってるし自然体でいられるっていうか……吉澤さん以上にうまくいくイメージが湧《わ》く人、浮かばなくってさ。こんな突飛《とっぴ》なことを一生懸命やってくれそうなのも吉澤さんしかいないと思う。だから心配する必要ナシ」

「そっか……」

〝森場くんが適任だと判断した〟と聞くと、自信が湧いてくるから不思議だ。

（よし……頑張ろう！）

森場くんは少し私を買い被りな気もするけれど、〝一生懸命やってくれそう〟と期待されているのならば精一杯期待に応えよう。

そうやる気を出す一方で、ほんのちょっとだけ凹《へこ》んでいたのも事実。

（〝恋愛対象としては一切見てない〟って、言われたようなものだよね……）

〝子どもの頃のことも知られてるから自然体でいられる〟って、つまりそういうこと。実際の恋愛対象のように自分をよく見せる必要がないから、自然体で仕事に集中できるということ。
まあ、わかってはいたんですけど。距離感の近い森場くんの態度に舞い上がってた
のかもしれない。少し調子に乗っていたところを、崖から突き落とされて思い知らさ
れた気分だった。
彼はそんな私の心情など知る由《よし》もなくて、悪びれることなく言う。
「あとさ、吉澤さん。キックオフってことで、今晩ご飯行こ」
「え、でも、ほんとに今日から森場くんの家に泊まるなら、一度服とか用意しに帰ら
なきゃ」
「もちろん、そのあとでいいから。……積もる話もあるし？」
ね、と言って——私が断れないことも知っているような顔が、とても憎らしいと
思った。

その日は定時に仕事を切り上げてダッシュで自宅に戻った。
大学を卒業して社会人になるのと同時に住み始めたワンルームマンションは、会社

から徒歩十五分の距離にある。広くはないけれど借りた当時は新築で、オートロックも付いていることからそこそこ気に入っている。

私はフローリングの床に、手持ちの鞄《かばん》の中で最も大きいボストンバッグと衣類・化粧品類・最低限の生活雑貨を広げ、大慌てで外泊の準備をした。森場くんとは今から一時間後の七時半に約束をしている。とにかくボストンバッグの中に荷物を詰め入れながら、私は思った。

(……なにこの展開⁉)

何度冷静に考えてみても同じ感想しか出てこない。言われるがままに森場くんの部屋に移る準備をしてしまっているけど、やっぱりこれってなかなかなコトですよね？同僚の男の人の家に泊まるとか！　しかも一泊だけとかそういう話じゃなくて、彼の嫁役として二週間も滞在するなんて。

〝こんなことある？〟と友達や親に話して意見を仰《あお》ぎたいところだけど、話したところで混乱させてしまうだけなのは目に見えているのでやめておく。

そうこうしているうちに、同じく定時で会社を出ていた森場くんが車で家まで迎えに来てくれた。

「時間足りた？」

自分から〝七時半〟と決め打ちで指定してきたくせに、森場くんはしれっと尋ねてくる。エンジンをかけながら、私がシートベルトを締めるのを待っていた。

「なんとか間に合ったから、今ここにいるって感じです」

「やっぱ短かったか？　ごめん」

森場くんは子どものように無邪気にニヤッと笑い、ゆっくりと車を発進させる。丸みを帯びた独特の車体はメタリックブルー。レザーシートの色はベージュ。〝森場くんの好みなんだろうな〟と思うと、車に詳しくない私でも見ていて楽しい。

森場くんは会社にいた時と同じ格好をしていて、上はVネックのTシャツにサマーカーディガン、下はチノパンだった。営業職ではないから普段からラフなファッションでいるのに、社外で会うとなぜだか新鮮に見えてしまってドギマギする。これから彼の部屋に行って、もっとプライベートな部分を知ることになるんだと思うと、余計に。

「何か苦手なものってあったっけ？」

「私？　私は……特にない、ですけど」

「うそ。あれは？　椎茸《しいたけ》。キノコ類全般嫌いじゃなかった？」

「大人になったら味覚も変わるでしょ。今はもう平気です」

「偉っ！」

――彼は気付いているんだろうか？

〝何か苦手なものってあったっけ？〟なんて憶えてない素振りで確認しておきながら、私がキノコを苦手だったことをきっちり憶えててくれた。私としては、〝そんなことまで憶えてるの⁉〟という驚きと嬉しさで、また性懲りもなく舞い上がってしまう。

（……熱いなぁ）

森場くんに気付かれないように、彼とは反対側の手で顔をパタパタと扇いだ。

ただの同僚同士らしい何気ない会話をしながら車を走らせること二十分。森場くんが住んでいるタワーマンションに着いた。同じ会社に同じ年数勤めているはずなのに、この格差は一体……。

（ヒットを飛ばしてる商品企画部のエースとなると、特別手当とかも大きいのかな……。あ、でもアレか。社内ベンチャー企業の社長も兼任してるんだっけ？）

あれだけ通常業務をガンガン回しておきながら、他にもまだ働いているんだというから驚きだ。本当は森場くんって三人くらいいるのでは……？

そんなことを思いながら、彼に一緒に運んでもらった私の荷物を玄関に置き、ご飯を食べにすぐに外に出ることになった。

お酒も飲むだろうということで、車を置いてお店までは徒歩で行く。森場くんが連れてきてくれたのは創作居酒屋だった。掘り炬燵になっているテーブルは完全個室で、会社の人と顔を合わせることもない。

そこで私たちは早々にアルコールを入れ、核心である子どもの頃の記憶に触れ始めた。

「忘れるわけないだろ」

オレンジ色の淡い照明の中、森場くんはウィスキーの水割りを飲みながら、会社では絶対に見られないような砕けた声のトーンになる。

私は彼の正面に座り、少し酔っているレアな森場くんのことを見つめていた。砕けた言葉と雰囲気がくすぐったい。

「憶えてると思わなかったんだもん……」

「もちろん憶えてるよ。眠いとすぐグズってた〝なっちゃん〟」

「……その呼び方はやめて」

「なんで？　湯川さんもそう呼んでるのに」

それとこれとは全然意味が違う。湯川さんは親しみを込めて初対面からあだ名をつけてくれた。そのあだ名がたまたま被っただけで、森場くんから同じように呼ばれると、急速に幼かった自分に引き戻される気がして困る。

サーモンのカルパッチョや月見つくね、チーズとほうれん草のチヂミやあさりのスープパスタなどが所狭しと並ぶテーブルを間に挟み、私の正面で森場くんが機嫌よく笑っている。

「やーでもさ、あらためて確認すると変な感じ。ぶっちゃけちょっと照れ臭い」

「私だって……」

「いつから俺のこと気付いてた？」

「え……それは、最初からだよ。入社したときに名前で」

「マジかー……俺もだ。入社してすぐ社内で見かけた時に〝似てるなぁ〟と思って、すぐイントラで確認したんだ。そしたら同姓同名だったから〝間違いない〟って」

「うそ」

「嘘ついてどうする」

いや確かにそうかもしれないけど。でも……そうだとしたらよくわからない。入社後すぐにお互いを認知していたのに、それを確認し合ったのが五年後の今？　いくらなんでも遅すぎるでしょう！

どうにも納得いかなくて、無理やり視線を上げて彼に問いかけた。

「それならっ……どうして今日まで〝気付いてる〟って教えてくれなかったの？　関わりがなかった頃ならまだしも、私がプロジェクトに異動した日だって初対面みたいに――」

「それはお互い様じゃない？　吉澤さんだって初対面の素振りだったろ」

「……それは……」

そう言われたら、そうかもしれない。私だってあの森場くんだと気付いていながら、一度も自分から切り出さなかった。言い出せなかった理由は、自分から近づいて「憶えてない」と一蹴されるのが怖かったからだ。

「たぶん似たような理由だと思うんだ。今日まで声をかけられなかったのは」

そう言って、森場くんは私が見たことのないようなバツの悪い顔をした。照れ隠しのように鼻の辺りに手を当てて、目をそらして彼は言う。

「……だってビビるだろ、普通に。こっちはずっと憶えてたのに、相手に〝誰？〟って顔されたら――って想像したらさ。もしもそんなことになったら、ショックで会社行く元気なくなるよ」

「……森場くん」

「……なに」

「それくらいで会社休んじゃダメだと思う」

「真面目か！」

〝いや正論だけど！〟と嘆《なげ》く彼は、会社での爽やかでスマートな森場くんと少しイメージが違う。ちょっとヘタレで、可愛い。なんだかもっと見つめていたくなるような、そんな魅力を備えていた。

私は思わず笑ってしまって、そんな私を見て彼はジト目になる。

「なぜ笑う……」

「や……ふ、ふふっ……んーと……なんか、嬉しいなぁって」

うん。〝嬉しい〟に尽きる。胸の内側から広がるこそばゆくてぽかぽかした気持ちは、〝嬉しい〟で全部説明がつく。

すると目の前の森場くんもつられたように笑った。

「俺のほうこそ。あんな昔のこともう忘れられてると思ってたから、すげぇ嬉しい」

(あ)

くしゃっと笑った森場くんの口に、普通にしている時には見えない八重歯が見えた。さっき会社でも見たけど、あらためて懐かしく感じられた。そういえば子どもの頃もこんな笑い方をしていたっけ。八重歯がチャームポイントだった。嬉しい発見を心のシャッターに収め、頭に浮かんだ〝涼真くん〟という昔の呼び方をぐっと飲み込む。代わりに質問を投げかけた。

「……じゃあ。技術開発室では、どうして切り出してみようって思ったの？」

「んー……」

思案する森場くん。仕事の打ち合わせの時と同じように斜め上を見て、顎に手を当てて考える。

「そうだなぁ、なんだろ。……シチュエーション？」

「シチュエーション？」

「昔みたいにふたりでベッドで寝転がってたら、言わずにいられなかったというか……」

「……アレ、私以外にしたらセクハラだから気をつけてね」

「吉澤さんはセーフなんだ？」

「幼馴染のよしみで、ギリセーフということで」

ほんとは幼馴染だろうとアウトだと思うけど、セクハラか否《いな》かは当人が不快に感じるかどうかによるので。それで言うとあれはセクハラには当たらないんだろう。——

私が彼に好意を持っているから。

そんなこと、森場くんには言えないけれど。

「幼馴染のよしみかぁ」

森場くんは私の言葉をリピートしたかと思うと、何を思ったのか〝ずいっ〟とテーブルに身を乗り出して顔を近づけてきた。びっくりした私は座ったまま硬直する。

仄かにお酒の交じった吐息を肌で感じる。

「真面目にさ。俺も〝なっちゃん〟って呼んでいい？」

「えっ、ああ……うん」

私は一瞬きょとんとしてしまって、驚いたままよく考えもせず頷いてしまった。

森場くんは「やった」と無邪気に笑い、機嫌よく話しかけてくる。

「じゃあ──なっちゃんはさ、ロクハラ寝具に入社するまではどうやって──」

（これは確かに……変な感じ）

絶対に忘れていると思っていたから、まさか今の森場くんから〝なっちゃん〟って呼ばれるなんて思いもしなかった。急に芽生えてしまったこのドキドキはどうすればいいんだろう。

それから私たちは美味しい居酒屋メニューに舌鼓《したつづみ》を打ちながら、十五年近くの空白を埋めるためにたくさん話をした。引っ越しで疎遠になってからのこと。中高生時代はどんな子どもだったか。大学時代はどんな風に過ごしたか。ロクハラ寝具に就職を決めたのはどうしてか。

自分の経歴について話すのはまるでお見合いみたいでもあった。お見合い自体はしたことがないけれど、〝こういう風に相手のことを知っていくんだろうな〟となんとなくイメージできる。何の興味も湧かなければただの退屈な時間。しかし相手は森場くんなので、盛り上がって盛り上がって――夢のような時間にふわふわ浮足立っているうちに、彼との話はいつしか恋愛の話になっていた。

「恋人がさぁ、できないわけですよ……」

「そうなのですか……」

ラストオーダーも終わり、あと少ししたらお店を出なければいけない時間になった。森場くんはいつの間にウィスキーから日本酒に切り替えたのか、まあまあ酔っていて、似たようなペースでドリンクオーダーをした私もまあまあ酔っていた。

私は手元に新しくやってきたカンパリソーダをちびちびと飲みながら、〝彼女いないって本当なんだ〟とあらためて思っていた。

「不思議だね。森場くんモテそうなのに」

「いやモテるから。そこは誤解しないで、俺かなりモテる」

「あっ、そーですかぁ〜」

お酒が回って据《す》わっている目で断言されてちょっとイラッとした。事実モテるんでしょうけど、自分で言っちゃうのか〜。

しょっぱい気持ちになったものの、森場くんはモテ自慢がしたいわけではなさそうだった。テーブルに両方の肘を突いて頭の高さにお猪口《ちょこ》を掲げ、ほんのり赤くなった顔を険しく顰《しか》めている。

「不特定多数にモテたところでさ……誰でもいいわけじゃないし。〝とりあえず付き合ってみる〟とか無理なんだ、俺。そういう始まりで付き合う子のことを大事にできる自信がない」

「仕事が第一優先だから？」

「うん……」

森場くんらしいな。そう思って小さく頷いた。

「なっちゃんは？　社会人になってから付き合った人とか、気になる人いないの」

「……んー」

この流れで森場くんをチラッと見て、〝あなたですよ〟とアピールできる根性は……ないか。ないわ。うん、ないない。慣れないことはやめとこう。

早々に諦めて私は、嘘をつく。

「──いないかな。付き合った人も、気になる人も、今は特に」

「……ふーん」

一瞬、居心地の悪い沈黙が流れた。探るような目を向けられている気がしてサッと視線をテーブルの上に落としていると、追加の質問が飛んでくる。

「じゃあ、誰かから言い寄られたことは？」

「え？　いや、ないけど」

「一回も？」

「一回も」

言われて一瞬だけ我が身を振り返ってみたけど、ないものはない。仕事関係でたまに絡まれることはあっても〝言い寄られた〟みたいな経験はないと思う。

私の答えを聞くなり森場くんは天井を仰ぎ、両手で顔を覆って頼りない声で呻《うめ》いた。

「そうくるかー……」

「……どういうこと？」

「いや、まあ……うん。なんでもないです」

よくわからない反応をされて、その意味も濁されてモヤモヤが残る。釈然としないからムッとした私に、彼は顔の横で挙手をした。

「じゃあ、はい。質問を変えます」

「いつから質問のコーナーに……」

「恋愛に興味はありますか」

またその手の質問か。

意中の人を目の前にして迂闊《うかつ》なことは言えないから、森場くんからこの手の質問をされるのはとってもやりにくい。っていうか何なんだろう。なんでこの人こんなに恋バナが好きなんだろう。酔ってるから？ そういう酒癖？

でも酔っている割に、森場くんはまっすぐこっちを見て待っている。とても答えを濁させてくれそうな雰囲気じゃない。彼の右手は挙がったまま。

私は不承不承《ふしょうぶしょう》、質問に答える。

「興味というか……」

あれ、これなんて答えるのがいいんだろう。どう答えても恥ずかしくない？

途中で言葉をやめようとしたのに、森場くんが〝じっ……〟と見つめて待っているものだから、黙り込むことは許されなかった。

私は〝えいやっ！〟と言ってしまう。

「恋、は……したいなと思ってるよ」

うわー！　恥ずかしっ！

口にした瞬間から居たたまれない気持ちが胸に広がり、手に持っていたお酒をぐびっと飲む。顔が熱い。こんな話を誰かと最近した覚えがない。ましてや男の人なんて。……しかも、気になる人相手に。

今の私の回答で何をどう納得したのかわからないものの、森場くんは胸の前で腕を組み〝うんうん〟と頷いている。

「なるほど」

一体何のための質問だったのか……ただ私が恥ずかしい思いしただけじゃない？

「恋人や気になる相手がいないなら、よかったよ。今更だけど、そんな相手がいるのに俺と疑似結婚なんてできないもんな」

「……そうねぇ」

逆に相手が森場くんでなければ、いくら仕事のためとはいえ私も首を縦に振ったかどうか。男性社員の家に単身で泊まりに行くのは、普通に考えると怖い。何が起こるかわからないから。

森場くんが相手ならなぜいいかというと……別に相手が森場くんだったところで、男性である以上条件は変わらないはずなんだよね。〝彼が私なんかに変な気を起こすか？〟という疑問は前提としてあるけど、万に一つも間違いが起こらないとも限らない。

それでも断りきれなかったのは、彼が仕事にかける情熱が本物だと知っているから。……あと、一ミリだけ、〝森場くんの近くにいたい〟という気持ちがあるから。

「〝昔なじみだからこんな無理を頼めた〟ってのもあるんだけど……」

私とは対照的に、邪《よこしま》な気持ちなど一切持っていないらしい森場くんは申し訳なさそうに。

「仕事だからって、こんなこと頼んでごめん。なっちゃんが嫌がるようなことは絶対にしないから、嫌なことは遠慮なく言って」

「……うん。わかった」

お腹を満たした私たちはお店を出た。お会計の段になり、ナチュラルに彼が全額支払おうとするので。

「えっ、いい！　半分私出しますから！」

「いいっていいって。経費だし！」

「なおさらダメ。払います」

「だぁっ、嘘だよ。俺の自腹です！　出させて！」

そんなやり取りの末、結局私が奢《おご》ってもらう形になり、私たちは森場くん宅への帰路についた。

「ご馳走になってすみません……ありがとうございました」

「いいよ。っていうか、なっちゃん。マジで真面目だよね……」

別に特別真面目なほうではないと思うけどなぁ。

店の外に出ると、行きしなにも感じた夏の夜の匂いがした。七月の終わり。湿度を多分に含んだ生温かな風が頬を撫でていくと、なんとなくソワソワと気持ちが浮足立つ。

同時に〝ひと夏のアバンチュール〟という言葉が脳裏に浮かぶ。

（……いやいや）

邪まな考えが浮かんでしまう自分が本当に恥ずかしい。やっぱり私は、森場くんの前だと〝真面目〟になりきれない。

人の往来《おうらい》からはずれた閑静な住宅街。電車の走る音が遠くに聞こえる。都会でも味わえるひっそりとした夜。私より少し前を歩いていた森場くんはおもむろにこちらを振り返り、ズボンのポケットに入れていた手の片方をこちらに差し出してきた。

「……ん？」

この手はなに？

森場くんの美しい顔が、街灯に照らされて際立っている。彼の表情は少し照れているように見えた。そんなはずはないのに。

「……夫婦のシミュレーションの手始めとして、手を繋いでみたいなと思うんだけど」

「あ……」

「嫌じゃなければ」

……そっか。こういうところからコツコツ、リアルな夫婦の気持ちをつくっていくんだ。〝徹底してるなぁ〟なんて感心する一方、体中に緊張が走る。いつもより手汗がヤバい気がしてきて、うしろにサササッと手を隠してスカートで手のひらを拭う。

私は〝手を繋ぐくらいなんてことない〟という顔を作って、自分の手を差し出した。

「……今日からしばらく〝夫婦〟ですもんね。手くらい繋ぎますよね」

「うん」

森場くんのすらっとした綺麗な右手が私の左手を包み込む。大きな手のひら。体温が高い。

（……うわぁ）

紛《まぎ》れもなく、男の人の手だと思った。握るとゴツゴツしていて、自分の手とは明らかに違う。しばらく私の頭の中は〝うわぁ〟ばかり。

手を繋いですぐは私も森場くんも無言だった。会社帰りのサラリーマンや、犬を散歩させているお姉さんなど、ちらほらと人とすれ違う。夜道を手を繋いで歩く私たちは、傍《はた》から見れば本物の恋人同士か夫婦に見えるんだろうか。

隣で森場くんがくすぐったそうに笑った。

「なっちゃん……手、ちっちゃいな」

「……普通だと思う」

「ちっちゃいよ。……不思議だなぁ。子どもの時はそう変わらなかったのに」

「ああ……集団登校とか、よく手繋いでたね。そういえば」

子どもの頃の話になると自然と沈黙は消え去っていった。彼と幼馴染でよかった。昔の思い出と照らし合わせれば、どうにかこの照れ臭さを誤魔化すことができる。

もしも幼馴染でもなんでもなく、〝ただの同僚だったら〟と思うと、今この間をもたせられた自信がない。……まあそもそも、幼馴染じゃなければこんなことにはなってないか。

子どもの頃の話に花を咲かせ、手を繋いでいる状態にある程度慣れてきた頃。森場くんのほうから唐突に、こう切り出してきた。

「会社でも話してた結婚のことだけど——俺、本気だから」

……今更何を言い出すんだろう？　彼が仕事に本気だということは、もう充分にわかっているつもりだけど。私は頷いて答える。

「うん、わかってるよ。だから今から私たちは、一緒に森場くんの家に帰るんだよね」

「そうだよ」

「私は二週間、森場くんの奥さん役をするんでしょう？」

「……うん」

「最初は正直〝どういうこと!?〟と思ったけど、引き受けたからにはちゃんとやります」

「…………そっか、ありがとう。……やっぱなっちゃんは真面目だなぁ」

「普通だと思う」

それにどちらかというと、あなたのことになると不真面目だと思う。

繋いだ手は、再び彼の部屋の玄関に辿りつくまでそのままだった。閑静な住宅街の中にそびえるタワーマンション。その二十三階に、彼がひとりで暮らしているという部屋がある。

さっきは荷物を玄関に置いただけですぐ出てきてしまった。でも玄関の時点ですでにもう広かった。私の住んでるマンションの二倍はありそうな玄関。靴は森場くんひとり分だけ。

「どうぞ、あがって」

「お邪魔します」

新築の部屋特有の真新しい香りを嗅《か》ぎながら、彼に案内されて廊下を進む。突き当りのドアを開けた先がリビングで、その空間は〝やはり〟と言うべきか――。

（……広すぎる……！）

イメージしていたよりも一回りも二回りも広かった。家具が少ないせいもあるんだろうか。目についたのは壁に埋め込まれた大型の液晶テレビ。そこに合わせて配置されたローテーブル。革製のソファ。少し離れたところにぽつんと食事用のダイニングテーブルがあり、あとは壁際に本棚が置かれている。

呆気《あっけ》に取られていた私は、なんとか感想を絞り出す。

「……〝仕事する人の部屋〟って感じだね」

「ああ……あんま面白みなくてごめんな。嵌《は》まってるものとか特になくて」

彼はそう言うが、一部にとても情熱を感じさせる部屋だった。家具自体は少ないし、散らかってもないけれど、ソファやローテーブルの上には流行のリラクゼーショングッズや暮らしに関する雑誌が置かれている。

私の足は自然と本棚に向いていた。体の前で手を組みながら、屈んだりして書籍の背表紙を眺める。〝睡眠〟や〝寝具〟に関する歴史や研究書籍がずらりと並んでいる。

(この人、ほんとにベッドのプロなんだな……)

森場くんの連発するヒットが、ただ単に〝才能〟のお陰ではなく、本人の興味関心と努力に裏打ちされていることを知って嬉しくなった。

(……ん?)

その中でふと、〝睡眠〟や〝ベッド〟といったテーマからは少しはずれた書籍の一角が目についた。

(……〝夫婦の社会学〟？　〝折れない家族のつくり方〟、〝リラックス・コミュニケーション〟……)

これもアイデアに生かすために読んだのかな？　などと考えていると、背後をとられた。

「……なっちゃーん」

「わっ‼」

急に耳のすぐうしろから声がして〝ビクッ〟とする。振り返ると、森場くんが何やら照れ臭そうな顔で私の耳元に向って屈んでいた。

「あんまりじろじろ見られるとちょっと恥ずい……」

「あ……ごめん！　プライバシーだよね！」

「いや、いいんだけどさ。やましい本はここには置いてないし……」

「……〝ここには〟？」

「いやいやいや」

明らかに失言をした森場くんは「言葉の綾《あや》ですよ」と濁し、わざとらしいほど爽《さわ》やかな声で話題を変えてきた。

「基本的に部屋のものは自由に使ってもらっていいから。トイレはもちろん確認をとってもらう必要もないし、エアコンも冷蔵庫もテレビもキッチンも自由に使って」

「うん……」

「奥さんなんだから、テレビのチャンネル権奪うくらいでいいよ」

「ふふっ、なにそれ」

本物の奥さんではないから、〝やましい本〟について問い詰めることもしない。私は軽く笑って返しつつ、それでも彼の「奥さんなんだから」という言葉にドキドキしていた。

ご飯を外で済ませてきた私たちは、あとは就寝の準備をするだけ。順番にお風呂に入ることになり、私が浸かったあとのお湯に森場くんが浸かるというのがどうにも恥ずかしかったので、彼に頼み込んで先に入ってもらうことにした。

「俺はなっちゃんのあとがいいのに……」

「〝あとがいい〟ってなに！」

〝あとでいい〟の間違いでしょう！　あえてそんな言い方をしてくるあたり、森場くんは少し私の反応を楽しんでいる節がある。

不満を垂《た》れる森場くんをなんとか先に脱衣所に押し込み、私は自分の荷物の整理をした。けれど、シャワーの音が聞こえ始めてから気が気じゃなくなってしまって、何も手がつかないでいる内に森場くんがお風呂から出てきてしまった。

「お風呂お先でした」

「はい……」

お風呂上りの森場くんのことは直視《ちょくし》できなかった。黒いTシャツにだぼっとしたグレーのスウェットパンツ。いつも柔らかくセットされている髪が濡れてペタッとなっている様は、一目見ただけで〝エロい！〟と自分の中で判断した。これはまじまじと見つめていいものじゃない。ろくに目も合わせないまま、私は森場くんと交代でそそくさと脱衣所へ向かった。

主張を通してお風呂の順番をあとにしてもらったはいいけど、これはこれで恥ずかしいことになるとあとで気がついた。まず脱衣所。ここで森場くんが裸になったのかと思うとなんだか一気にやましいことをしている気になって、服を脱ぐまでにかなり時間がかかった。

続いて浴室。こっちも、〝森場くんこのシャンプー使ってるんだ〜へぇ〜〟などと呑気に思い、それが普段同僚として接しているだけでは知り得ないことだと思うと一気に恥ずかしくなった。

長風呂をしたわけでもないのにのぼせて、お風呂を出る。

リビングに戻ってきた私を見るなり、森場くんは驚いていた。

「え……大丈夫？　顔赤すぎじゃ……」

「大丈夫、大丈夫……」

言いながら、自分がすっぴんだということを思い出して手で顔を隠す。不自然な動き。俯《うつむ》きながら部屋の隅に置いていたボストンバッグの元まで歩いていき、脱衣所に持っていき忘れたスキンケア用品を取り出すつもりだった。――しかしその途中で、私は森場くんに捕まった。

「待てって。体調悪いとかじゃなくて？」

「うわぁっ！　じゃなくて！」

両腕を掴まれると同時に素顔を暴かれ、情けない声が出てしまった。とっさに〝体調は悪くない〟と否定したものの――すっぴんで対面した森場くんが、やっぱり直視しちゃいけないくらい色っぽくて。

お湯で温まり血色のよくなった頬も。襟首から見えているしっかりとした鎖骨も。Tシャツの半袖からしなやかに伸びる逞しい二の腕も。

全部私の知らない森場くんだから、直視できない。

「……ほんとに大丈夫なのか？」

「うん……ほんとに。ちょっと湯あたりしただけだから」

自分を心配してくれる顔から精一杯目をそらす。森場くんはまだ私を気遣いつつ、「そっか」と納得した返事をした。

「じゃあちゃんと水分取って……とりあえず今日は早めに寝ようか。明日も仕事あるし」

「そうだねっ……」

答えながら声が裏返りそうになった。……ついにか！

ついに寝室に行くんだ。森場くんはあのプロトタイプベッドを自分の部屋に入れてもらったと言っていた。そのベッドで私たちは一緒に眠るのだと。

これからの展開を意識して、私の顔は更にのぼせあがってしまった。

冷蔵庫にあったペットボトルのミネラルウォーターをいただき、スキンケアと歯磨きを済ませた私は森場くんと一緒に寝室へと向かった。

部屋の広さにはもう驚かない。元々置かれていたらしき森場くんのベッドが部屋の隅に寄せられ、技術開発室で試したあのプロトタイプベッドが部屋の真ん中に配置されている。それでもまだスペースが余るくらい、広い寝室。――男の人の部屋だ。どこもかしこも森場くんの匂いがして、クラクラする。

「なっちゃんが自分ちで荷物をまとめてる間に搬入してもらったんだ。斧田さんと、もうひとり技術開発の人に手伝ってもらって」

「へぇ……」

今日決定したことに対して即日対応できるあたり、フットワークの軽さに驚かされる。同時に、〝やっぱりみんな真剣なんだ〟と、これが仕事であることを強く意識する。さっきからの私は浮足立ちすぎていてダメだ。やましいことばっかり考えてないで、ちゃんと仕事をしないと。

「ところで、なっちゃん」

「はい！」

気合いを入れ直したところだったので意気揚々と返事をすると、「元気いいね」と笑われた。彼は私の体を上から下まで見て。

「まじか……そのパジャマ超可愛いね」

「あ……ありがとう」

私が着ていたのはなんてことないパジャマだ。……と言っても、手持ちの中ではそれなりにいいものを選んだ。下は肌触りのいい長めのコットンパンツ。上はシンプルな白地のTシャツ。上にタオル地の紺のパーカーを羽織っている。

「夫婦らしくお揃いのパジャマにしてみようかな。そのブランドってメンズもある？」

「たぶん……あるのはあると思う。種類は少ないと思うけど……」

頭に思い浮かべた段階で〝似合う〟と思った。森場くんとお揃いのパジャマはちょっと恥ずかしいけど……。

「ベッドと一緒にパジャマをライン展開するのはアリだと思うんだ。機能を体感しやすい素材を探して、〝眠りの質アップ〟に特化した型を研究してさ。そしたらデザインはシンプルなほうがいいと思うんだけど、一口に〝シンプル〟とは言ってもダサいのもお洒落なのもあるもんな……」

「そ、そうだね……」

彼の仕事はもうとっくに始まっている。口元に指を当てて真剣な顔でぶつくさ言っている森場くんにちょっと気圧《けお》されてしまう。でも……気圧されている場合じゃない！　私だってこの暮らしの中で何か気づきを得て、プロジェクトに貢献《こうけん》しなければ。

「ちょっと私、パソコン持ってくる！」

「え」

「仕事の話もするだろうなと思って自分のパソコン持ってきたの。ちょっと待ってて！」

一度リビングに戻ってボストンバッグの底からノートパソコンを取り出し、森場くんのいる寝室へと戻る。

ふたりで一緒にベッドの中に潜り込みながら、〝パソコンを持ち込んだのはいいアイデアだ〟と思った。これで一気に〝お仕事感〟が出る。男女が一晩一緒にいてもいやらしい感じにはならない。……うん！　ビジネス最高！

私たちはうつ伏せになり、ふたりでひとつの画面を覗き込んでいた。私は自分が着ているパジャマのブランドのホームページを開き、森場くんに見せる。

「このブランド、けっこうメンズも充実してるねぇ。私から見るとどれも良く見えるけど、男の人からするとどれが――」

「なっちゃん」

「え」

パタン、とノートパソコンを閉じられてしまう。

〝どうして？〟と思って彼の顔を見ると、森場くんは微妙な表情をしていた。

「ベッドに入ってこういう会話、すごくいいと思うんだけど……」

「うん……？」

「就寝の一時間前には、電子機器の電源は全部落としたほうがいいんだよ。眠りのために」

「あ、そっかぁ……」

それは私も聞いたことがある。最近はよく言われていることだよね。ブルーライトの刺激で体内時計のリズムが乱れて、寝つきが悪くなってしまうって。

初歩的なことを指摘されてちょっとへこむ。そうでした。仕事中ではあるけれど、自分たちが実験モデルであるということも忘れてはいけない。

「いろいろ考えてくれてありがとう。パジャマはまた明日、会社で考えるとして……」

言いながら、森場くんは私のノートパソコンを取り上げてベッドサイドテーブルに置いた。仕事道具を失った私は手持無沙汰になる。同時に、〝お仕事感〟によって緩和されていた緊張が急激に蘇る。

「……あ……えっ、と……」

うつ伏せでいる理由ももうない。自然と森場くんとベッドの中で向かい合う。いつの間にか顔が驚くほど近くにあって、吐息を感じるほどの距離にいた。

体の前に投げ出していた手を優しく握られる。心臓がいまだかつてない速さでバクバクと脈打っている。私と同じく横になっている森場くんは私の手を握ったまま柔らかく微笑んで、眠そうな声で囁く。

「〝疑似〟とはいえ、せっかく夫婦になったんだからさ。……夫婦にしかできないことしようよ」

（……ええ——!?）

〝夫婦にしかできないようなこと〟って……!?

私の邪まな思考は爆発した。というか、この状況でこう言われて、それ以外の想像ができる人がいるのならお目にかかりたい。少なくとも私には、ふしだらなお誘いをされているようにしか聞こえなかった。

（もしかして〝仕事〟と言いつつ下心があったの？　私と同じ気持ちでいたっていうこと？　……それってどういうこと!?　どうしよう頭が働かない……！）

大混乱の私はとりあえず、一応、平静を装って確認する。

「……ふ……〝夫婦にしかできないようなこと〟って何……？」

答えによっては、このまま美味しく食べられてしまうパターンのやつだ。そうなったらどうしよう？

森場くんはすぐに答えてくれず、〝じーっ〟と、意味深な目で私のことを見つめてくる。

（…………何ー!?）

沈黙に耐え切れず、今にも泣き出しそうな気持ちだった。森場くんのことがわからない。〝体目的〟だったなんて思いたくないけど、そもそも私って彼にとってどうい

う存在？　いつそういう対象になったの？　私の想像通りの展開になったら、応えてしまっていいの⁉

（わからない……！）

沈黙に耐えかねて、ついに私から口を開いた。

「……あの、森場くんっ……！」

おかしなことになってしまう前に、ちゃんと告白しておいたほうがいいのではないか。

焦った私はなんとか伝えたくて口を開いたものの、何も準備していなかったから、何と切り出せばいいのかもわからない。

その間に彼は、私の質問に対して〝そうだなぁ〟としばらく思案して、こう答えた。至極《しごく》真面目な顔で。

「とりあえず……朝起きたときに隣で〝おはよう〟って微笑んで」

「え？」

……それだけ？

「今まで入眠時のことにばっかり頭がいきがちだったんだけど、目覚めた時のことだって大事だよなぁと思って……」

「ひとりだったら、〝ああ朝が来たなぁ〟ってぼんやり思って起きるだけだからさ。パートナーが隣にいる状態で迎える朝ってどんな感じなのかなぁって……それも立派な〝夫婦にしかできないようなこと〟でしょ？」

「ああ、うん……」

「そうだね……」

相槌《あいづち》を打ちながら、私は半端ないうしろめたさに襲われていた。間違いもアバンチュールもない。森場くんはやっぱり森場くんで、根っからの仕事人間だったのだ。

それなのに私ときたら、また不純な勘違いを……。

「……なっちゃんもしかして、何かいやらしい想像した？」

「まさか！」

はいはい、しました――！　ごめんなさい‼

……とは、口が裂けても認められないので、〝そんなわけないでしょう？〟とにっこり微笑む。森場くんは「だよね」と爽やかに笑う。

「朝から相手が〝おはよう〟って優しく笑いかけてきてくれるの、控えめに言って最高じゃない？　それだけで一日頑張れそう」

森場くんのピュアなお言葉に、私は自らの心の汚れを大反省した。

「……最高だね」

「だろ？　よし、決定」

彼は満足そうに頷く。そして握っていた私の手を解き、小指を絡めてくる。子どものときによくやった指切りを彷彿《ほうふつ》とさせる……というか、まさしく指切りだった。

森場くんは私と約束をする。ニコッと笑って。

「一応約束しておくけど、襲ったりはしないから安心して」

「え？」

「なっちゃん、なかなか妄想たくましそうだから。まあ……ウェルカムだって言うなら、俺も男なのでやぶさかではないんだけど……」

「……い……いやらしい妄想なんてしてない……！」

からかわれていることに気付いて全力で小指を振りほどこうとしたけれど、彼は「わかったわかった」と笑ってその指を離してくれなかった。彼は約束を続ける。

「ただ、襲いはしないけどひとつだけお願いがある」

「……お願い？」

「うん。朝起きたらお互いに、あたかも昨晩は何かあったみたいに話すんだ」

「……ん？　そのくだり必要？」

「必要だよ。実際にベッドを使うカップルがどんな会話をするのかイメージしてみないと。シチュエーション大事！　まあ俺の願望もちょこーっと入ってるけど！」

「もうっ……！」

まだからかわれていることが悔しくて、その〝お願い〟は突っぱねてしまおうかと思った。でも、できなかった。その〝お願い〟は仕事のためのお願いだから。

「あ〜、明日の朝が俄然《がぜん》楽しみになってきた！」

（……森場くんが楽しそうだから、いいか）

仕事のことを考えているときの彼は、本当に楽しそうな顔をする。無邪気な笑顔にほっと心が安らいだ。そんな自分の気持ちの動きによって、ふと思う。

……もしかしてこういうことなのかな？　就寝前のベッドタイム。スマホの画面もパソコンの画面も見ずに、好きな人と何気ない話をして過ごす。確かに今の私はものすごくリラックスしている。こういう安心感を、〝ＬＵＸＡ〟を使うお客さんにも味わってもらえたら……。

再び仕事に向けて頭を切り替え始めた私。

——その時、額に〝ちゅっ〟と湿っぽい感覚があった。

「………えっ」

「おやすみ」

森場くんはそう言い残し、私のほうを向いたまま瞼《まぶた》を下ろした。

長い睫毛が、規則正しい呼吸によって揺れている。

（……でこチューされた……！）

こうして、新製品の命運を背負ったふたりの〝疑似夫婦生活〟が始まったのです。

三章　疑似夫に溺愛されるだけなのに簡単じゃないお仕事

不意打ちのでこチューを食らったせいで結局その夜はなかなか寝付けず、朝も、森場くんがセットしていた目覚まし時計が鳴るよりかなり早く目覚めてしまった。

遮光性の高い上質なカーテンによって暗いままの寝室。その分、カーテンの隙間から漏れる光が鋭く彼の目元に伸びる。

「ん、んんっ……」

さっきから、森場くんが身じろぎをするたびにドキドキしている。もう目を覚ますかな？　彼が起きたら、私にはミッションがある。それは「おはよう」を言うこと。構えるほどのことではないのかもしれないけど、何事も最初が肝要だ。

起きそうで起きない彼の眉間に〝ぎゅっ！〟と寄った皺を、ちょっと可愛いなと思いながら、肩を指先でトントンと叩きながら声をかけてみる。

「おはよう」

「ん……。……んっ……？」

ヒクッ、と瞼が動く。けれどその目は開かない。もう森場くんの意識は覚醒《かくせい》しているような雰囲気だけど、起こし方がこれではダメなのか、目を開けてくれない。

私は迷った末に、もう一言足してみた。

「おはよう、森場くん」

「……そこは下の名前じゃない？」

ダメ出ししながら、彼はゆっくり目を開ける。まだぼんやりとしている色素の薄い瞳と目が合い、一気に緊張する。私は躊躇《ためら》いながらも心を決め、もう一度挨拶した。

「……おはよう。涼真くん」

「……あー……うん……おはよ……」

森場くんは挨拶を返してくれている間にも掛布団を目の下ギリギリのところまで上げ、表情を隠す。

「……やばい。こっっっれはやばい。えー……無理だわ。超照れるー……」

「……その反応が一番恥ずかしいよ」

まさかそこまで喜んでもらえるとは思わなくて、私も恥ずかしかった。森場くんは顔から布団をはずしながら〝ふにゃっ〟と笑って、「ごめんごめん」と。

「久しぶりによく眠れたー……」

「えっ……あ、ちょっ、と……⁉」

彼は噛みしめるようにつぶやいて、ナチュラルに私の体を抱きしめてきた。昨日は距離こそ近かったものの手を握られただけだったので、こんな風に密着することはなかった。

布団の中で間接的に感じていたぬくもりをダイレクトに感じる。顔を押し付けることになった胸板は、見た目よりもずっと分厚い。

「あ、ごめん……こういうスキンシップはNG？」

「いや……NGとかでは……」

「ならよかった」

「でもっ……ここまでする必要あるかな……！」

「あるだろ。ほら、ちゃんとなりきってくんないと雰囲気が壊れる」

そうは言われましても……。

戸惑う私をよそに、森場くんは昨日取り決めた設定を徹底しきって私に囁く。

「……昨日、すごく可愛かったよ」

ぞわわっ！と耳の穴から脳にまで直接響いてくるような声だった。不快じゃない。ただ、とっても〝いけない〟感じがする。ふたりきりなのに意識的にひそめられた声は無駄に色っぽくて、朝から変な気分になってしまいそう。

こんなの、本当に、昨日の夜に何かしでかしてしまったみたいで。

「や……だめ、森場くん。離してっ……」

〝これはまずい〟と思った私が腕を突っ張って彼の胸を押し離そうとすると、森場くんは私を抱きしめる力を更に強くした。離れようにも離れられない。逃げさせてくれない。

いつの間にか耳に唇がぴとりとくっついている。

「〝離したくない〟って言ったら？」

「んっ……」

「奈都……もう一回、昨日みたいな声聞きたいな」

（……昨日どんな声出したことになってるんだろう！）

じたばたもがくほどにキツく抱きしめられ、力比べで勝てっこないと判断した私は諦め、脱力して無抵抗になった。すると森場くんもヒソヒソ話をやめ、「うはは、勝った」と笑って私を解放する。

彼は満足したようだけど、この絶妙にもどかしい感じはどうしてくれよう。

「はぁ～……やっぱり、いいな。目が覚めてひとりじゃないっていうのは」

噛みしめるようにそう言ってから、彼は「準備して会社行こうか」と言った。

ロクハラ寝具の始業時間は九時半。その五分前にプロジェクトルームに辿りついた私は、まだ業務開始前だというのに心底疲れ果てていた。

専《もっぱ》ら精神面で。

「……森場くん――ッ‼」

部屋に入るなり彼の名前を絶叫した私に、すでに出社していた数名のメンバーが〝なんだなんだ〟と注目する。当の森場くんはわざとらしく顔をキラキラさせて。

「〝なんだいハニー〟」

「〝ハニー〟じゃないでしょう！　それを！　それをやめてとさっきから言ってるんです……！」

朝、彼の家を一緒に出発した時に〝あれ？　時間ずらして行かないのかな？〟と思ったあたりから嫌な予感はしていた。彼は最初から、堂々と一緒に出社するつもりでいたのだ。

結果、多くの社員がビルに流れ込んでいく始業前の時間に並んで歩いていた私たちは大勢から注目を浴びた。並んで歩いているだけなら、〝同じプロジェクトチームだし、まあそんなこともあるか……〟で済んだかもしれないのに、何を思ったのか彼は大きな声で「今日は奈都の手料理が食べたいな～。一緒につくる？」「お揃いのパジャマどうしよっかー」などと言い始めた。当然、森場ファンと思しき女性陣からは殺気を浴びせられた。

「朝から大変ねぇ、なっちゃん」

背後から声がして、挫《くじ》けそうな心でそろりと振り返る。そこには今出社してきたらしい湯川さんが手にテイクアウトのコーヒーを持って立っていた。

「おはようございます……」

「おはよう。早速夫婦で出勤とはやるじゃない。朝からそこかしこでザワついてたわよ」

「そこかしこで……」

想像するだけで眩暈《めまい》がする。そうだ。直接目撃された人だけで済めばまだマシ。会社の中での話が、それで済むはずがない。ましてや相手は社内の有名人。商品企画部エースの森場涼真だ。話に尾ひれがついて今この瞬間にも拡散されているに違いない。化粧室でどんな会話が繰り広げられているか、想像するとゾッとした。

「え～マジですか！　照れるなぁ」

森場くんはもう黙っててほしい。

湯川さんは自分のデスクに向って歩きながらチームの面々に声をかける。

「皆さんも気をつけてくださいね。会社中が事の真偽を知りたがって、〝森場と吉澤に近しいLUXAチームのメンバーなら何か知ってるんじゃ〟って狙ってますから。私もここに来るまでに三回〝あのふたりってどういう関係なんですか？〟って訊かれました」

「わあ……それは、とんだご迷惑を……」

申し訳なさすぎる。私がおろおろしていると、森場くんは自分のデスクに鞄を下ろしながら尋ねた。

「それで、湯川さんはその質問に対して何て答えたんですか？」

「そりゃあ、ありのままよ」

「具体的にはどんな言葉で？」

「〝あのふたりなら結婚しました〟って」

私は絶句した。

湯川さんは悪気など一切なさそうなご様子で。

「だって私たち、今は業務上なっちゃんと森場を〝本物の夫婦〟として扱うことになっているんだもの。中途半端なのはよくないじゃない？」

「さっすが湯川さん！　やっぱそうですよね？　何事も徹底してなんぼですよね。俺もそう思います！」

森場くんはマジでもう黙っててほしい。

「あ……あ、あぁっ……」

社内に味方なし。この先ロクハラ寝具に私の居場所はあるのか。むしろプロジェクトチーム以外ではもうやっていけないのではないか。大変なことになってしまった……。

元凶である森場くんはというとすこぶるご機嫌で、会議用の中央テーブルの椅子に腰かけながらこんなことを言う。

「徹底ついでに、皆さん、俺となっちゃんの初夜の話でも聞きません？」

しんと静まり返るプロジェクトチーム。

（最低だ……）

私を含めたチームメンバーからの冷ややかな眼差しを受け、彼は調子に乗り過ぎたことを反省した様子。大きく咳払いをひとつして、膝上に隠し持っていたらしい自分のノートパソコンをテーブルの上に置いた。

「……冗談ですよ。吉澤さんに協力してもらって早速いくつかアイデアが湧いたんで、ちょっとブレスト付き合ってもらえませんか？」

一緒に出社した日のうちに私たちの結婚の噂は社内を駆け巡り、それから二日経って疑似結婚生活も四日目。仕事が終わると彼と同じ帰路につき、同じベッドで眠って、朝に意味深なやり取りをした後《のち》に揃って出社する。そんな暮らしがルーティン化しつつあった。

同時に、森場くんから〝結婚について誰に何を訊かれても否定しないこと〟と命じられた私は、迂闊《うかつ》にひとりで社内を歩けなくなってしまった。ひとりでいればきっと化粧室や給湯室に連れ込まれて根掘り葉掘り聞き取り調査を受けるに違いない。

それでなくても、社内では森場くんと行動を共にすることが多いのだ。彼は同僚たちから冗談半分で「結婚したんだって？」と声をかけられるたび、「そうなんですよ。新婚ホヤホヤで！」と言って無邪気にピースサインを作っていた。

しかし、噂は一周回って〝チームぐるみのデマではないか〟という話に落ち着きつつある。

（そりゃそういう結論になるよねぇ……）

だって相手は私なんだもの。社内のスーパースターが結婚相手に選ぶ相手としては、明らかに釣り合いがとれていない。わかりきっているから今更落ち込むようなことでもない……んだけど、自覚していたことを改めて突きつけられると、なかなかダメージが大きい。

俯いてこっそりため息をつく。

「なっちゃん」

「はい」

「例の調査結果ってもう出せた？」

「うん。ちょうどさっき作業したところで――」

プロジェクトルームの作業台の上にタブレットを置いて彼に見せる。調査会社が行っている定点調査の結果を使えば、個人の生活リズム、接触するメディア、家での過ごし方など、あらゆることを統計的に確認できる。

「子どもがいない、もしくは子どもがすでに自立している夫婦の場合でも、妻と夫が布団に入る時間にはけっこう違いがあるみたい」

「やっぱりそうだよなぁ……」

タブレット画面をスクロールして他の調査結果にも目をやりながら、口元に手を当てて真剣に考え事をしている。

（……格好いい）

仕事をしている時の彼は、おどけてピースしていたのと同一人物とは思えないほど精悍《せいかん》な顔つきをしている。寝食を共にするようになって、油断してる顔も、寝顔も、美味しそうにご飯を食べる顔もいっぱい見たけれど、一番好きなのは仕事に一生懸命な時の顔だと思った。

この表情を傍で見られるのだから、私は精一杯、彼が最高のパフォーマンスを発揮できるようベストを尽くそう。

そう思って、私は彼が見ているタブレットに手を伸ばす。人さし指と中指でページをスクロールして、まだ説明していない調査結果を表示する。

「依頼されていた内容とは違うけど、他にこんなデータも——」

「あ」

「え？」

なぜか、森場くんは私の手首を掴んだ。どうしてだろう。まだ前のページを読んでいるところだった？　そうなら申し訳ない。

しかし彼の視線はタブレットではなく、掴んだ私の左手に注がれている。

「……森場くん？」

「なっちゃん」

彼は私の目を見てニヤリと笑った。

「いいこと思いついたかもしんない」

それは、悪戯《いたずら》を思いついた時の笑い方だと、私は最近覚えた。


彼が口にした〝いいこと〟が具体的に何を指すのか不明なまま、更に二日が経って、疑似結婚生活六日目。今日は土曜日。前日の夜に「アラームはなしにしよう」と森場くんから言われ、目が覚めるまで惰眠を貪ることになった。

いくらこの生活に慣れつつあるとはいえ、人のおうちでグースカと昼過ぎまで眠れるほど図太くない。いつもアラームが鳴る朝七時より三十分だけ遅れて、七時半頃に私は覚醒した。

うっすらと目を開けると森場くんはまだ眠っていて、形のいい唇をぴとっと閉じて穏やかに胸を上下させていた。静かな寝息にこっそり癒されていると——ふと、左手に違和感があった。

「…………え？」

何気なく目の前にかざして確認した左手。その薬指には、シンプルながらもおしゃれなイエローゴールドの指輪が嵌まっている。指輪に見覚えはない。けれどサイズは私にぴったり。眠っている森場くんの顔と薬指の指輪を交互に見る。

これが付き合っている恋人と一緒に迎えた朝の出来事であれば、「まぁっ！」と喜ぶところなんでしょう。でも私は仕事で同僚の家に泊まりに来ていて、指輪を嵌めてもらえるような予定がない身で突然こんなものが指に嵌まっていたら……ただのホラーだ。

というわけで。

「……ぎゃあああああああああ！」

私は朝から絶叫した。

「奈都っ⁉」

隣で寝ていた森場くんが飛び起きる。深い眠りから無理やり覚醒させられて目が半開き。髪には寝癖がついている。彼は私の体を捕まえながら、必死の形相で顔を覗き込んできた。

「どうした、大丈夫か⁉」

「ゆっ、ゆゆゆっ……ゆびわ……！」

「……あー。それかよ。なんっだもう、びびったぁ……」

口振りからして森場くんの仕業だった。状況的にも、冷静に考えてそれ以外ありえ

ないんだけど。でも……びびったのは、こっちです‼

〝飛び起きて損した〟とばかりに萎れ、自分の髪をガサガサとかき上げる森場くんに向って詰め寄る。しかし、本当に驚いている私の言葉はしどろもどろ。

「こっ、ここ、これ、なんっ……」

「それね。社内で〝結婚は嘘だ〟と思ってる人も多いみたいだから……リアリティー大事かなって」

「でも、サイズ……」

「一昨日の夜、なっちゃんが寝てる間に測っちゃった。勝手にごめんね」

「ええっ……」

リアリティーが大事なのは経緯的に理解できるけど、それにしたってやりすぎなのでは。そこまで徹底的に社内の人を欺《あざむ》いて、種明かしは一体どうするつもりなんだろう。

一昨日の夜に指のサイズを測られていたなんてこともまったく知らなくて、眠っている間に彼に触れられたことを思うと恥ずかしかった。寝顔とか、見られちゃったのかな……。

「昨日の夜、俺が先に会社を出たけどなっちゃんよりあとに家に帰ってきたでしょ？

知り合いの工房に行って作ってきたんだ」

「……手作り?」

「うん」

それは、ちょっと嬉しいかもしれない。もう一度ちらっと指輪に目をやる。イエローゴールドの指輪の表面には槌目《つちめ》。金槌《かなづち》で叩くことでできるその独特の模様は、カーテンの隙間から射す朝日を柔らかく反射し、キラキラと光っている。

「ちなみに、お揃い」

そう言って彼は、ちょっと照れ臭そうに自分の左手を布団の中から出した。申告通り、彼の左手の薬指には私と同じ、槌目が美しいイエローゴールドの指輪が嵌まっている。

——森場くんが結婚指輪を嵌めている。その様だけでも新鮮でドキドキするのに、指輪で結ばれている相手は私。

(……うわ)

ちょっと、心臓が痛くなってきた。なんだろう……。どこまでいっても〝疑似〟でしかないと頭では理解しているんだけど、なんだかものすごく、私、幸せなんじゃないかって。

森場くんは布団を被り直しながら、私にも布団を被せて自然に抱き寄せてくれる。

「〝ぎゃあああ〟って叫ぶくらい嬉しかった？」

「……驚くでしょう、普通に」

「サプライズのつもりだったからいいけどね。それでも、もう少し可愛く驚いてほしかったなぁ……」

瞼にキスされる。ナチュラルな恋人扱いに、私はもう騒がない。

この疑似結婚生活が始まった日に初めて手を繋ぎ、でこチューされて、翌朝は躊躇なく布団の中で体を抱きしめられた。森場くんが私に触れてくる感じはいちいち自然で、〝これで当然〟とばかりに堂々としているから、私もかなり麻痺してきている。

今では自分から彼の胸に収まっちゃったりなんて。

森場くんの寝間着の胸の部分をきゅっと掴んで、少し上にある彼の顔を見上げる。

「……仕事の一環だってわかってるけど、その……指輪、嬉しい。ありがとう」

言いながら嬉しい気持ちが抑え切れなくて、自然に笑顔になってしまった。

森場くんも笑顔になる。

「どういたしまして。……って言うのも変か？　勝手に嵌めておいて」

わはは、と照れを隠すように笑う声を聞いて、嬉しい気持ちが爆発しそうだった。

〝疑似〟だとわかっているから迂闊に大喜びできないのがもどかしい。本当はベッドの上で飛び跳ねたいほど嬉しい。

密かにテンションが上がっているものの、それをどこにも表現しようがない私は、あることを思いついた。

今朝は私から、昨晩のありもしない出来事を匂わせる会話をしてみる。

「……森場くん。昨日の夜は――」

「うん？」

「素敵でした」

「……えっ」

〝何が〟とは言わない。実際は何をしたわけでもないから。私たちのは昨日の夜もふたりでこのベッドに入り、何でもないような会話をして、そのままお行儀よく眠りについた。

彼の胸に当てている顔を横に向け、耳を心臓の上に当てる。トクトクと早鐘を打っている心音は聞いていると心地よく、うとうとと二度寝をしてしまいそうになる。

「……どんな風に素敵だった？」

雰囲気を壊さない程度に耳に囁いてくるので、私は目を閉じたまま穏やかに答える。

「ん……どんな風に……そうだなぁ……」

〝どんな風に〟と尋ねられて頭に思い浮かべたのは、もう何度想像したかわからない、彼と肌を重ねる瞬間のこと。私は再び眠りに落ちかけていた。頭の中の取捨選択から免《まぬ》がれた言葉たちが、勝手にぽろぽろ口から零《こぼ》れ出ていく。

「力強くて、逞しくて……」

ゴクッ、と唾を飲む音が頭上から聞こえた気がした。

「必死で……私のこと求めてくれて……」

「っ……！」

「えっ」

ぎゅぅっ！　と強く抱きしめられ、寝そうになっていた私の意識は一気に覚醒した。

あれ……今、何の話してたっけ？

耳を押し当てている先の彼の胸からは、心配になるほど大きくて速い鼓動が聞こえていた。運動したあとのようにバクバクと鳴っている心臓。キツく抱きしめてくる腕の中で無理くり顔を上げ、森場くんの様子をうかがうと、耳まで真っ赤になっている。

「……も、森場くん……？」

「っ、ごめっ……こっち見るのやめて」

「あうっ」

とっさに目隠しをしてきた彼の手のひらも、驚くほど熱かった。

一体どうしたんだろう。もしかして熱？

心配になり、目隠ししてくる彼の大きな手のひらをそっと手ではずす。案外目隠しは簡単に解けて、なぜかとっても照れているらしい森場くんと目が合った。

「……見ないでって言ってるじゃん」

「……や、だって……」

そんな可愛い顔されたら見たくもなるでしょ。どうしてそんな顔をしているの？

背中に回されていた彼のもう片方の手が〝さわっ……〟と私の背中を撫でた。

緊張が走る一瞬。私は〝これは仕事〟と自分に言い聞かせながら――探るように視線を合わせる。

これは本当にただの仕事なのか？

気づけば森場くんも熱っぽく私のことを見つめていて、背中に触れていた手に少し力が込もるのがわかった。彼が瞬きをすると、長い睫毛が起こす微弱な風を感じられそうなほどに近い距離で。

　そっと、彼が唇を近づけてきた。とっさに私は逃げるように顎を引いた。視線が絡む。言葉を交わすことなく互いの意図を読み取ろうとして、でもダメで。

（え……どういうこと？……キスしようとしてる……？）

　森場くんがもう一度唇を近づけてきて――意図はよくわからないまま。私は観念して僅かに顔を上げ、目を閉じる。

（いいのかな、こんなことして……）

　でも……触れることが許されるなら、彼と唇を重ねてみたい。

　私たちの関係が、これで決定的に、何か変わるような気がした。

「……ンっ……ん……？」

　しかし、森場くんの唇が私の唇に触れることはなかった。触れていたのはおでこ同士。うっすらを目を開けて確認すると、すぐ目の前で彼は苦しげにため息をついていて、それからやるせなさそうに言った。

「……キスしてもいいのかなって勘違いするから、目ぇ閉じちゃダメだよ」

　額を離すと森場くんは〝ぽんぽん〟と私の後頭部を優しく叩き、「……コーヒー淹《い》れてくる」と言って先にベッドを出て行った。ひとり残された私は夢か現《うつつ》か判断がつかず、自分の額を何度も触って彼の言葉の意味を考えていた。

（……どういうこと──⁉）

キスされるのかと思ったから目を閉じたのに、〝目ぇ閉じちゃダメだよ〟とは……！

けれど、しばらくして私がリビングに足を伸ばす頃には森場くんがケロッとしていて、「今日暇だったら一緒に買い物行かない？」なんて誘ってくるので、私は狐《きつね》につままれた気持ちになる。

彼がどうして唇を近づけてきたのかについては、もう訊けるような雰囲気じゃなかった。

「あれ、指輪してる」

疑似結婚生活十日目。水曜日。広告代理店の人たちも参加する定例会議の最中、プランナーの乙原さんから指摘された私は慌てて手を引っ込めた。

「あ……これはっ……」

「結婚したんですよ俺たち」

いつものごとく打ち合わせはすでに二手に分かれていて、乙原さんと森場くん、そして私の計三人で会議机の隅を占拠していた。もうひとつのグループは屋外広告やWEB広告の枠と予算について話し合っていて、こちらの会話は聞こえていない様子。

森場くんの「結婚したんですよ」というカミングアウトに、乙原さんだけがあんぐりと口を開けている。これみよがしに自分の左手の薬指を見せつける森場くん。私はすかさず「違います！　疑似です！」と説明したかったけれど、〝結婚について誰に何を訊かれても否定しないこと〟と森場くんに命じられていたことを思い出し、口を噤《つぐ》む。

「へ～。ついこの間〝付き合ってません！〟ってはっきり否定してたのに、もうゴールイン……」

乙原さんの私に対する視線が痛い。これじゃあまるで、あのとき私が嘘をついていたみたいじゃない。本当に付き合ってなかったのに。何なら、今だって付き合っているわけではないのに。

（……キスすらしてないのに）

自分の脳内突っ込みのせいで赤面しそうになる。こんなにあの朝のことを根に持っているなんて、私、そこまで森場くんとキスしたかったのかな……。

乙原さんの指摘に対して何も弁解できない私は「ははは……」と笑って誤魔化していた。すると乙原さんは、私と森場くんを交互に〝じっ……〟と観察したあと、確信めいた口調で言う。

「ダウト」

「えっ？」

「結婚は嘘でしょ」

素《す》っ頓狂《とんきょう》な声をあげたのは森場くん。乙原さんからの指摘に〝なんでですか〟と納得いかない顔をしている。お揃いの結婚指輪まで嵌めて、彼としては完全に夫婦になりきったつもりでいたんだろう。

乙原さんはこう指摘した。

「展開が早すぎることを抜きにしても、森場さんと吉澤さんの間には男女の匂いを感じません」

「男女の匂い……？」

「端的《たんてき》に言うと、〝こいつらヤッてんな～〟っていうエロい雰囲気」

隣の森場くんは戦慄していた。

「乙原さん……セクハラです」

「あ。これは失礼」

私が呆れて指摘すると、乙原さんは〝しまった〟と焦った様子で謝った。

そりゃ、男女の匂いもエロい雰囲気もないでしょう。

(……だってキスすらしてないんだもの)

そのことが何度でも私の頭の中に浮かぶ。

森場くんはどうしてあそこまで唇を近づけておきながら、途中でやめてしまったんだろう。〝キスしてもいいのかなって勘違いする〟って、森場くんは私にキスしたかったの？

この数日間、訊こうと思えば訊けるチャンスはいくらでもあったのに、訊けなかった。なんとなく雰囲気に流されたのか。はたまた、仕事上、自分の気持ちを盛り上げるために必要だと踏んだのか。

どっちだろうなと考える私をよそに、森場くんは乙原さんに種明かしをしている。

「いや……実はね。今回の企画のためにチームのメンバーに協力してもらって、吉澤さんと夫婦役を演じているんです。期間限定で」

「……はぁ？」

やっぱりそういう反応になりますよね……。

〝何言ってんだこいつ〟という顔をしている乙原さんの反応を見て、私はひとり〝うんうん〟と頷く。よかった。私が変なわけじゃなかった。やっぱりみんなが変だったんだ。

「企画をする以上、想像力を働かせないと。ユーザーの気持ちを汲むなら、アンケートやグループインタビューよりも、ユーザーになりきってしまうのが一番だと思いませんか？」

そう。そういう人なのだ。企画の成功のためなら何だってできてしまうのが森場くん。……だから好きでもない相手とキスだってしようとする。そう思うとやっぱり、未遂で終ったあのキスに特別な意味なんてない。

心の中で納得し、少し切なくなってしまった。

森場くんの説明を聞いた乙原さんは、めちゃくちゃヒいている。

「……うーわ、びっくりした。そこまでしますか森場さん」

「そこまでしますねぇ、必死なので」

（……ん？）

どことなく違和感のあるやりとりだった。今の乙原さんの間は何だろう？　話の流れ的には、単純に〝仕事のためにそこまでしますか〟という意味だと思う。でもふたりの会話のニュアンス的に、別の意味も含まれているような気がした。

森場くんと乙原さんの会話の違和感の正体を掴めないまま——更に四日が経って、疑似結婚生活十四日目。日曜日。今日が約束の〝二週間〟の最後の一日だった。

この日の朝は珍しく、私が目を覚ます頃には森場くんがすでに起きていて。

「おはよ」

「……おはよう」

横になったまま頬杖をつく森場くんが優しく私を見つめていたので、寝顔を見られていたことを悟った私は布団に埋まりたくなった。恥ずかしい。口を半開きで寝たりしてなかったかな、私。大丈夫？

森場くんの隣で目覚める朝に、私はすっかり慣れつつあった。照れはあるものの安心が強い。お盆休みが間近に迫った夏の朝。クーラーが効いていて涼しい寝室の中で、自分のものではない体温に温められているという贅沢。

私は抵抗なく、ごく自然に彼の胸に擦り寄っていた。動物の親子がするスキンシップのように。

「……起きるの早いね、日曜日なのに。どうかしたの？」

「んー……どうもしないんだけど、なんか目が覚めちゃって……」

そう言いながら、彼も自然に私の後頭部に手を添えて髪を梳く。髪を触ってもらうのも気持ちいいし、落ち着く。顔を擦り付けている彼の胸で深呼吸すると、胸にいっぱい森場くんの優しい匂いがする。お日様のように暖かで健康的な香りと、優しい柔軟剤の香り。

〝今日で終わりか〟ってしんみりしつつも、口には出さない。言葉にすると一足早く魔法が解けてしまいそうなので、黙ったまま、私は森場くんの大きな体に抱きしめられる幸せを噛みしめていた。

──ただ、脚の付け根の辺りに〝ごりっ〟と硬い感触を感じ取った瞬間、私の穏やかな幸せは途切れる。ものすごい羞恥心《しゅうちしん》に襲われ、蚊の鳴くような声で尋ねた。

「……も、森場くん……？」

「ん……？　あー……ごめん、当たった……？」

説明せずとも察してくれたので、そのまま腰を引いてくれるものだと思っていた。しかし森場くんは二度寝する姿勢に入りながら、むにゃむにゃと事もなげに言う。

「ただの男の生理現象だから、気にしないで……」

きっ……気にする――――‼

「もっ……森場くん！」

がっちりホールドされていて、私から腰を離すことは叶わなかった。このまま二度寝されたら困る！　いまなお脚の付け根に押し付けられたままのものの硬さを意識しないように気をつけながら、精一杯森場くんに抗議する。

「待って！　このまま寝直さないでっ……」

「ん―……どうしたんだよ、そんなに必死になって。朝から元気だな……」

どっちが！と突っ込みそうになったのを寸前で喉奥《のどおく》に止める。何を言ってもからかわれそうで何も言えない。私が悔しい気持ちで口を噤んでいると、森場くんは夢見心地なふわふわとした声で言う。

「もしかして、なっちゃん……男が朝こうなるって知らなかった？」

「……き、聞いたことはある、けど……」

からかわれないように慎重に言葉を選んで返す。その間にも、やっぱり脚の付け根の辺りが気になる。もぞもぞする。恥ずかしくて泣きそう。

ドキドキして縮こまっている私を腕の中に収めたまま、指で髪を梳き、森場くんの鼻の頭で私の耳をくすぐりながらボソボソ囁いてくる。

「……これは知ってる？　男が勃《た》ちやすいのって、実は性的興奮を感じてる時よりもリラックスしてる時なんだって」

「っ……知らないっ……」

「俺さぁ……なっちゃんが泊まりにきた夜から、一緒にベッドに入るたび毎日ずっとこうなんだ」

「毎日⁉」

私の中に衝撃が走る。同時に再び湧きあがる疑問。キスされそうになった時といい……もしかして森場くん、私のことそういう目で見てる？

〝ないない〟と思う自分と、〝もしかしたら〟と期待している自分が、半分ずつ。

けれど後者は、森場くんの次の言葉で打ちのめされる。

「うん。自分でも〝どんだけ安心してんだよ〟って呆れるくらい……」

――安心、か。

その言葉はどう受け止めたらいいだろう。〝一緒にいて安心できる相手〟と思われていることが嬉しい反面、〝性的な魅力を感じているわけじゃない〟と釘を刺されたことに地味に凹む。

森場くんの囁きは続く。眠くなってきたのか、段々独り言のようになっていく。

「〝パートナーと寝食を共にする〟ってこんな感じかぁって……仕事なんだけど、〝仕事とかどうでもいいかぁ〟って思っちゃうんだよな。癒されすぎて。でも……実際そうなんだろうなって思った」

独り言を囁く声は、段々甘ったるくなって。

「どんな仕事人間でも、家庭では肩の力を抜いてたいんだ。昼間はいろんな人に気を遣ってせかせか働いてる分、夜は頭を空っぽにして、大事なものを抱きしめて眠りたいんだなって……」

「……うん」

私が相槌を打って、それからしばらく沈黙が続いた。あまりに長いので〝寝ちゃったのかな？〟と心配になるくらい。

すると森場くんは、思い出したように唐突に口を開く。

「……体温とか発汗の状態を感知してさ。ユーザーたちがどれくらいドキドキしてるかを可視化《かし》できる機能はどうだろう？　ベッドタイムが充実しそうじゃない？　いろんな意味で」

「……〝いろんな意味〟って何」

そんな機能がついてしまった日には大変だ。私がこのあとの展開に期待して、尋常じゃないくらいドキドキしていたことが一発でバレてしまう。

むしろそうやって伝わってしまったほうが、もしかしたら事態はいい方向に転がるんだろうか。私だって、森場くんの気持ちがはっきり目に見えてわかるなら、こんなに戸惑ったりしないのに。

「冗談だよ」

「……冗談」

その一言で、この朝もふたりの間には何も起きないということを悟る。

彼と同じベッドで眠るようになってから、もう何度も色っぽい空気になっている。それでも手を出されないのは、どこまでいってもこれが〝仕事〟だから。そうあるべきだと思うし、それでこそ森場くんだと思う。だけど――もし私が〝一緒にいて安心できる相手〟じゃなくて、とびきりスタイルのいい美女だったなら。彼がそういう目で見ずにはいられないような、女性としての魅力を兼ね備えていたなら。〝仕事〟の枠を超えてしまうような展開もあったのかな。

「そろそろ起きようか。荷物まとめないといけないもんな……。家まで車で送るから、ランチは外で一緒に食べよ」

「うん……」

この設定が終わるタイミングについても、曖昧だったのに彼の言葉で明確に決まってしまう。〝もしかしてこのままもう一泊して、関係が終わるのは明日の朝なんじゃ？〟なんてぼんやり思っていた。淡い期待は打ち砕かれる。

お昼までに荷物をまとめ、ランチを食べたら、この指輪もうはずさないといけない。森場くんは寝室のカーテンを開け、朝日を浴びて「うーん……」と清々しい伸びをしている。私との生活に未練などまったくなさそう。

あっけらかんとした彼の態度に私も〝そりゃそうか！〟と逆にスッキリした。

――魔法が解けるだけ。

本当だったら会話さえまともにしなかったかもしれない。そう考えたら、こんな風に打ち解けられただけでもよかった。

（……よかった？）

本当によかっただろうか。

自分の中の納得いっていない部分には、蓋《ふた》をして。

「何食べたい？」

プロジェクトルームで初めて挨拶した時と変わらない笑顔で尋ねられて、私は力なく笑った。

「なんでもいいよ」

疑似夫婦生活は十四日目にあっさりと終わりを迎え、私はその日の昼食後にきっちり自宅に送り届けられた。そのままお盆休みに突入し、次に森場くんと顔を合わせたのは四日後の木曜日。

朝、プロジェクトルームで出社してきた私の顔を見るなり、彼は先手を取るように「おはよう」と言った。二週間一緒に出社していた身としては、会社で挨拶されるということに違和感ありまくりだった。

「おはよう。……なんか……大丈夫？」

「大丈夫って、何が？」

両手いっぱいに資料や参考文献《ぶんけん》を抱え、その上にノートパソコンを乗せている森場くんは、見るからに疲労困憊《ひろうこんぱい》していた。お盆休みだったのになぜ？　帰省疲れ……？

「休み明けなのに疲れてるみたいだから……」

「ああ……二週間経ったし、今日のミーティングではアイデア全部出さないとと思って。見せられる状態まで仕上げようと思ったら、なかなか終わんなくてさぁ……」

「はあ……」

こうにもお疲れの彼を目にするのは初めてで、何と声をかけていいものか迷った。そんな雰囲気が伝わってしまったのか、森場くんは私に気を遣わせまいとくしゃっと笑顔をつくる。

「なっちゃんのお陰でいい改良案いっぱい浮かんだよ。出してもらったアイデアも資料の中にいっぱい組み入れてあるから、一部説明をお願いするかも」

「うん、了解です」

「ほんとに、すごく意味のある二週間だった」

そう総括《そうかつ》されて、あらためて〝終わり〟を突きつけられた気分だった。

ポケットの中の結婚指輪は、「返して」と言われることはなかったもののもう二度と嵌めることはできない。

私はなんだか胸が痛いのを我慢して微笑み返す。

「お役に立てたならよかったです」

――居心地のいい二週間の疑似夫婦生活は、こうして終わりを告げた。

四章　エースの下心、あるいは純情

俺、森場涼真は、一度ならず二度までも仕事に私情を挟んでしまいました。

——神様。懺悔《ざんげ》します。


「プロトタイプ、ＯＫです」

秋も深まりつつある十月下旬。技術開発室で何度目かの試作品チェックを終えた俺はそう言って、傍に立っていた斧田さんの手を取り握手した。

「ほんっっっとに天才ですね斧田さん！　たった二カ月でオーダー通りに、よくぞここまで……！」

「はは……今回ばかりは、自分でもよくやったと思うよ……」

握手に応じてくれた斧田さんは魂が抜けたように渇いた笑いを漏らしていた。無理もない。二カ月前にほぼほぼ完成品を仕上げていたところ、俺があれこれ追加オーダーを出したばっかりに完成がここまで伸びてしまったのだ。お盆休みが明けて以降、連日夜遅くまで技術開発室の電気が点いていたことを知っている。

「無茶言って本当にすみませんでした……」

「いや……まあ、正直今度からはもう勘弁してほしいけどなぁ。でも、二カ月前よりもいいモノになったのは確かだ。企画の練り直しに使った二週間は意味あったな」

「そうですね……なっちゃんのお陰です」

「それ。このベッドがヒットしたら伝説として語り継がれるんじゃねーの……？　〝プロジェクト成功のために同僚と結婚した男〟って」

「ははは……」

今度は俺の口から渇いた笑いが漏れた。

――二カ月前。七月末から八月中旬にかけて、商品企画を洗い直す時間として俺に与えられたのは〝二週間〟だった。まだ〝ＬＵＸＡ〟チームにやってきて日も浅かった〝なっちゃん〟こと吉澤奈都が、挙手をして震える声でもぎとってくれたその二週間を、俺はこれ幸いとばかりに利用した。

〝俺、吉澤さんと結婚したいです〟

我ながらよくそんなことをあの場で口にしたと思うし、よくそんな話がまかり通ったものだと思う。社運を賭けて集められた会社の精鋭たちはみんな〝プロジェクトの成功のため〟という言葉に弱い。

だから、もしかしたらうまく話が進んでしまうかもしれないなという予感はあった。そしたら予想以上にとんとん拍子で、俺はなっちゃんを疑似嫁にすることに成功した。

〝吉澤さんと一緒にいると次々にアイデアが浮かぶ〟という話は本当。事実、一度なっちゃんと一緒にプロトタイプを試してからは頭の中でアイデアが止まらなくなった。ただ、それだけではこんな突拍子のないことは思いつかなかったと思う。〝二週間だけ本物の夫婦として過ごしたい〟なんてトンデモ話がするりと口から出てきたのは、そうしたい願望が俺の中にあったからだ。

（仕事のためもあったとはいえ……私情もあったって知ったら、なっちゃん、幻滅するだろうな）

技術開発室からプロジェクトルームに戻るまでの廊下をとぼとぼ歩きながら、そんなことを考えていた。

すると進行方向の二十メートルほど先に問題の彼女の姿を見つける。いつもは下ろしている柔らかなブラウンの髪を今日はポニーテルにしていて、可愛い耳がちらりと見えていた。イヤリングの先の小振りなパールが揺れている。清楚で優しい彼女の雰囲気にそれはよく似合っていた。

タートルネックセーターにペンシルスカートという秋らしい装いでパタパタと小走りで駆けてくる。彼女は俺が気付くよりも先にこっちの存在に気付いていたようで、俺目がけて向かってきているんだと途中で理解した。

「あ、お疲れ」

「お疲れ様です。これ、湯川さんからの共有資料です。広報関連の戦略をまとめた最新版だそうで〝夕方のミーティングまでに目を通しておいてほしい〟と」

なっちゃんは俺の前に到達するなり書類一式を俺の胸に預け、早口で説明した。俺は書類を落とさないように腕に抱えながら圧倒される。

「ああ、ありがとう」

「それじゃあ」

「え、あ……なっちゃん！」

用事が済んですぐにでも立ち去ろうとする彼女のうしろ姿を呼び止める。今にも駆けだしそうだった中、足を止めた彼女はくるりと振り返った。どうってことない、いつもの表情で俺を見る。

「どうかした？」

「や……ええと」

特に用事があって呼び止めたわけではないので口ごもる。

彼女は俺に二週間の猶予《ゆうよ》を与えることをチームのみんなに許可してもらうため、「私にできることならなんだってします」と豪語した。その宣言通り、彼女は今、新商品のコンセプト決定の遅れによって生じたさまざまな雑務をこなしてみんなをサポートしている。

「ごめん、ちょっと急いでるから！　何もないんだったらもう行くね！」

「あ、悪い」

本当に急いでいたらしく、なっちゃんのうしろ姿はあっという間に見えなくなった。

チームにやってきたばかりの頃は控えめで、何をやるにも恐々《こわごわ》した様子だったのに、彼女は変わったと思う。段々自信が芽生えてきたのか意見するべきところは意見し、意思決定が速い。その上仕事の段取りは何を任せても綿密で、丁寧で、抜かりがない。

つくづくバランスのいいタイプだと思う。

（……今が一番イキイキしてるよな）

お盆休みに入る前まで、俺と彼女は一緒に行動することが多かった。しかしお盆が明けると、彼女はチームの中で俺以外のメンバーと一緒に動く機会が多くなり、丸一日会えない日も当たり前にあった。

今のなっちゃんが楽しそうなのは喜ぶべきことだけど、本音を言うとちょっと切ない。俺だって今が楽しくないわけではないが、あの二週間があまりに特別だったから。

「……あーあ」


吉澤奈都は俺の同僚であり、俺の幼馴染。――そして、俺の初恋の人でもある。

幼稚園の頃に出会い、小学三年で俺の実家の引っ越しによって疎遠になるまでのおよそ六年間。親同士の仲がよかったお陰で互いの家をよく行き来していて、一緒に昼寝だってしていた。俺は最も身近な女の子である〝なっちゃん〟が好きだった。

誰しもが持っているような、幼い頃の淡い恋の話。そんな何の変哲もない初恋が、急に特別なものになって俺の中で再浮上したのは、社会人になってロクハラ寝具に入ったとき。彼女と同じ会社に入ったのは完全な偶然だった。

入社式で彼女の姿を見かけるまで、〝吉澤奈都〟はずっと思い出の中の女の子で、言ってはなんだがちょっとフィクションじみた存在だった。酒の席で人と打ち解けるためのネタにするような初恋の話。それが、自分と同じだけ年齢を重ねた彼女を目にした瞬間、俺は感じたこともないような高揚感を覚えた。

驚くほど綺麗になっていたのだ。入社式で隣の列の椅子に座っていた彼女は、幼い頃の面影はそのまま。すっと伸びた背筋とシャープになった輪郭が言い表しようもなく綺麗で、それは〝美人だ〟というのとはまたちょっと違っていた。可愛いけどそれが魅力なわけじゃない。俺が綺麗だと思ったのは容姿ではなくて彼女自身が纏う雰囲気。髪を耳にかける仕草や、メモを取るときの目の伏せ方。人の話に耳を傾ける姿勢。そのどれもが真摯で、すごく清らかだった。

話しかけたい欲求がむくむくと湧いて、同時にそれと同じくらいの恐れがあった。「久しぶり」と声をかけて、「あなた誰？」と言われてしまったらどうしよう。過去の繋がりを説明して、それでもピンとこない顔をされたら？

俺は初恋だったから昔のことをよく憶えているけど、彼女にとってもそうだとは限らない。彼女の人生の中ではさして印象に残っていないかもしれない。――そう思うと、自分とのギャップを突きつけられるのが怖くて、確かめられなかった。

今となっては、あの入社式の日に声をかけておけばよかったと思う。あの日は無理だったとしても入社後早めに。なぜなら、彼女も憶えていたから。プロトタイプベッドの中で久しぶりに「なっちゃん」と彼女のあだ名を呼んだ時の、あの大きく見開かれた目を見て、俺は二の足を踏んでいた五年間がいかに勿体なかったかを悟った。

彼女が先ほど届けてくれた湯川さんの広報戦略資料にひと通り目を通し、確認したいことを赤ペンでメモした。もうすぐ来客の時間なので一度ファイルの中にしまい、受付に向かう。

「あ、森場さん。ちょうど内線をかけるところでした」

「もういらっしゃってます？」

「はい。D会議室にお通ししてます」

「ありがとうございます」

受付の葛城《かつらぎ》さんに会釈し、そのままD会議室へ。ノックしてからドアを開けると、四脚の長机を並べて作った座席の上座には、新進気鋭の広告プランナー、乙原禄郎がひとりで座っていた。

乙原氏はうしろ手にドアを閉める俺を見ながら、立ち上がるでもなく、挨拶をするでもなく、呆れた様子でこう零す。

「……夫婦ごっこはとっくの昔に終わったはずですけど、相変わらず萎れてますね？」

「あ～わかります～？　ちょっとね、あの夏の二週間が楽しすぎて……奈都だけに？」

つまらない洒落を口にしながら荷物を彼の向かいの席に置き、会議室のスクリーンにノートパソコンの画面を投影する準備をする。天井のプロジェクターの電源を入れ、デジタル出力端子にケーブルを繋ぐ。

「企画のために夫婦の真似事をするとか……よくもそんな茶番が思いつきましたよね。それを認める周りもどうかしてると思うけど」

「ですよね～。でもうちのメンバーがどうかしてるのは前からですよ。みんな頭よすぎて変態ですから」

「でも一番どうかしてるのは、やっぱり森場さんだと思います」

察しのよすぎる乙原さんは、俺が何をしたのか、そこにどんな動機があったのか、すべて知っている。

彼は頬杖をつき、訳知り顔でぼやいた。

「打ち合わせで最初にふたりが並んでる姿を見た時から〝あ～森場さん狙ってんな〟とは思ってたけど……まさか、あそこまでするとは」

「前にも言ったでしょ。〝必死なので〟って」

必死だった。

〝吉澤奈都は、同世代の女子たちの中で明らかに様子が違う〟

そう感じたのは俺だけではなかったようで、彼女は入社後すぐに男性陣の間で話題になった。――という話を、彼女自身はまったく知らないのだということを、俺は最近になって知った。疑似夫婦設定を始めた夜、居酒屋で恋愛の話になった時、俺が「誰かから言い寄られたことは?」と質問すると、彼女は逡巡《しゅんじゅん》した結果「一回もない」と答えた。

んなわけねぇーだろ、と、その時の俺は思った。こっちはこの五年の内にいろんな噂を聞いてきたんだ。彼女を〝いいな〟と思った男たちがこぞって彼女を口説こうとして、ことごとく玉砕しているという噂。

入社六年目になる頃にはもう、吉澤奈都は難攻不落《なんこうふらく》の女として社内で名を馳《は》せていた。誰がどんな手で口説こうとも暖簾《のれん》に腕押し。ストレートに「好きだ」と言っても〝冗談〟としてかわされる。ただ、彼女は本当に〝冗談〟として捉えている節があり、〝天然ゆえに正攻法では絶対に落とせない女〟と囁かれていた。

そんな噂を嫌というほど聞かされれば、そりゃ必死にもなるだろう。こっちは幼い日の淡い純情を捧げていて、大人になって運命的に再会を果たしたんだ。その上五年間も幼馴染だと名乗り出たいけど名乗り出られないジレンマを抱えて……年季が違うんだよ。ちょっと彼女を〝いいな〟と思っただけの男たちと同じように、簡単に玉砕して終わりじゃ済まされない。

〝正攻法《せいこうほう》では絶対に落とせない女〟と名高い彼女を、一体どうすれば落とせるのか。考えて考えて、企画を練る時と同じくらい脳ミソをフル稼働させて——そして俺は、疑似結婚生活による刷り込みを思いついたのだ。〝疑似〟でも、本物の夫婦のように振る舞う生活を二週間も続ければ、難攻不落の彼女も俺との男女関係を意識してくれるかもしれない、と。


「あの時期の森場さん、完全に〝俺の嫁！〟って顔でドヤッてましたもんね。おもしろいから写真撮っとけばよかった」

「馬鹿にしてるでしょ……」

「馬鹿だった自覚ないんですか？」

「ありますよ」

あるに決まってる。あの時の俺は〝二週間〟という期限付きだということも記憶の彼方に飛ばし、彼女との結婚生活に浮かれまくっていた。仕方がないと思う。手を繋いだり、同じベッドで眠ったり、夢のようなことが嘘みたいに簡単に叶っていく生活だった。好きな子とそんなことになって、馬鹿にならない男なんて存在するんだろうか。

彼女は拒まなかった。どこまでを仕事の延長として受け入れていたのかわからないけれど、手を繋ぐことも、俺が彼女の額にキスすることも、布団の中で抱きしめることも。……唇にキスをしそうになった時は、さすがに一度警戒されたけど。

（……でも最後には目を閉じてくれたんだよなぁ）

堂々とお揃いの結婚指輪を嵌めていられたあの二週間は、いわば人生のボーナスタイム。それが終わって二カ月が経った今、萎れてしまうのも仕方がない。だって落差が激しすぎるから。あんなに近くで匂いを嗅いで体温を感じていられたのに、今は数秒の立ち話しかできないなんて……。

スクリーンとプロジェクターの準備を終えた俺は乙原さんの向かいに座り、会議机の上で頬杖をつく。

「なんかねぇ、あの二週間が尊すぎて、思い返せば思い返すほど……」

少し勿体ぶってから、ため息まじりに吐き出した。

「……段々、吉澤のことを本当に抱いたような気がしてくるんですよねぇー……」

「大丈夫。それはただの妄想だ」

すかさず入った乙原さんの突っ込みに「妄想かぁ……」と更に萎れる。

乙原さんとはここ数カ月で何度もPR企画で打ち合わせを重ね、密度の濃い時間を過ごすうちに気の置けない関係になっていた。仕事では立場上俺がクライアント側だというのに彼の言うことは容赦ないし、プライベートのこととなれば突っ込みは更に辛辣《しんらつ》になる。

歳の近さもあってか、すっかり悪友のような関係になってしまった。

乙原さんは俺がクライアントだということをかろうじて思い出し、乱れた言葉遣いを申し訳程度に敬語に整える。

「だいたいね、二週間もあったのに何してんだって話ですよ」

「いや、だから仕事を……」

「その間ずっと同じベッドで一緒に眠ってたんでしょ？　好きな女とその状況で何も起きないとかありえますか？　同じ男として理解できない」

「それを言われると——アレですけど……」

奇跡的に彼女を巻き込むのに成功したところまではよかった。問題はその後だ。仕事にかこつけて強引に彼女を自分の家に寝泊まりさせることにしたくせに、「襲ったりはしないから安心して」なんて自分から約束してしまった。

彼女を安心させるための言葉だったが、俺はあとで〝余計なことを言った〟と、自分のこの発言を心底後悔するハメになる。

焦がれ続けた彼女の気持ちよさそうな体が毎晩傍にあるのに、一線を越えてはいけないジレンマ。完全に俺の自業自得なのだが、あの二週間は幸せであるのと同時にメンタルとの闘いでもあった。

途中で〝もうよくない？〟と何度思ったことか。最終日の朝はいよいよ食ってやろうか葛藤しまくっていたことは、誰にも言えないでいる。手を繋ぎ、髪を撫で、体を抱きしめているうちに、俺も彼女も互いの体に慣れつつあった。その延長で体を重ねることも決して難しくはなさそうな雰囲気。

──でも俺はもうひとつ失言をしていた。疑似夫婦生活を始めるにあたって「私でいいんですか？」と疑問を持った彼女に。

なんとか彼女が疑似夫婦設定から降りないようにするために、俺はこんなことを言った。

〝俺、仕事が第一なんだ〟

——どの口が言うかと、自分に心底呆れた。〝仕事が第一〟って。マジでどの口が言ったんだ。この口か。

本当は私情たっぷりだったくせに、俺は自分で〝これは仕事だ〟と彼女に念押しする形になった。自分が発したふたつの言葉が呪縛になって、一線を超えたがる俺を制御していた。「襲ったりはしないから安心して」「仕事が第一」と言いながら手を出してしまったら、彼女からの信頼は塵《ちり》になってしまうだろう。

その危機感だけで、キスをすることすら我慢して、どうにか踏みとどまっていた。

乙原さんは言う。持参してくれた資料を鞄の中から出しながら、抑揚のない声で。

「同じ男としては理解できないけど……ビジネスパートナーとしての見解はまた別です。女を家に連れ込んで爛《ただ》れた生活を送って、肝心の仕事ができてなかったんだとしたら、僕は森場さんを軽蔑《けいべつ》する」

「わあ……軽蔑されたくない……」

軽蔑なんて誰からもされたくないが、とりわけ尊敬している人からは見限《みかぎ》られたくない。

乙原さんは間違いなく尊敬に値する人だった。打ち合わせでの瞬発力の高さと、相手の求めるものを正確に読み取る理解力、観察眼。その上で提案してきてくれるプロモーション企画の精緻《せいち》さ。まだまだ一緒に仕事をして吸収させてもらうべきところがたくさんあるのに、ここで切り捨てられるわけにはいかなかった。

俺が〝捨てないで〟と目で訴えかけたからだろうか。乙原さんは呆れた顔で言う。

「……だから、〝肝心の仕事ができてなかったんだとしたら〟の話でしょ。森場さんは結局吉澤さんに手を出してないわけだし、仕事は真面目にやってたんですよね？」

「勿論です」

仕事はきちんとやっていた。それだけは堂々と言える。

〝初恋の相手に振り向いてほしい〟なんて呆れる動機で、彼女とチームのみんなに二週間もおかしな茶番に付き合ってもらってしまった。不純な動機だったからこそ、絶対に、何が何でも、あの二週間を仕事の結果に繋げなければいけないと思っていた。

そうでなければ嘘なんだ。今まで仕事に情熱を傾けてきたことも、彼女を純粋に好きだった気持ちも、中途半端な仕事をすると途端に嘘になってしまうから――俺はこの企画に賭けている。

用意してきたPR案のファイルを開く。PRのプロである乙原さんと議論するためにひたすら練ってきた案をスクリーンに投影し、真面目な顔で彼に向き直った。

「じゃあ……世間話はこの辺で。お待たせしました、乙原さん。楽しい楽しい仕事の話をしましょう」

「……森場さん。目ぇ据わってません？」

——企画も、彼女も、絶対に両方ともモノにしてやる。

そのためにも今は仕事のことだけ考えて、それで——この企画が無事に軌道に乗ったら、その時はちゃんと彼女に伝えよう。回りくどいことはせずに「好きだ」と。「俺と付き合ってほしい」と。

奈都のいなくなってしまった部屋で、俺はもうひとりでぐっすり眠ることもできないのだ。

五章　幸せの青いベッド

「ええ。そうですね、はい……ベッドの搬入は閉館直後の八時五分。メインの大水槽がある〝青の洞穴《ほらあな》〟エリアに、全部で二十六台のベッドを運び入れます。事前抽選で当選された参加者二十六組、計五十二名の受付は八時からで——」

電話の受話器を肩に挟み、時間や数量など数字に関する部分をはっきり発音するよう心掛け、私は手元の書類に目を落としながら事前確認を行う。

電話の相手はプロモーションの統括をしてくれる広告代理店のプランナー、乙原さん。彼が今回の施策のタイアップ先やイベント会社との連絡係をしてくれることになり、ここ一カ月ほどは密に連絡を取り合っている。

『——はい、承知しました。メールでいただいていた内容から変わりありませんね』

「そうですね」

『念入りに確認してもらってとっても助かります。全部丸投げで〝あとは任せた!〟ってクライアントも少なくないので』

「いいえ、ただ私が心配症なんです。乙原さんには何度も同じことを確認いただいて申し訳ないなと……」

『とんでもない。これだけ担当者さんがきちっとしてると気が引き締まります。商品ローンチに向けた大きい企画の一発目ですから、丁寧にいきましょう』

「はい」

森場くんと疑似夫婦を演じたあの二週間から、約三カ月が経過した。十一月の初週。季節は秋から冬へと移り変わりつつあり、コートなしで外に出るのが寒くなってきた。

斧田さんを筆頭とした技術開発室のメンバーのお陰でベッドは無事完成し、新ブランド〝LUXA〟のローンチ企画は当初のスケジュールにのって進んでいる。私がチーム内でメイン担当をしているプロモーション施策の実施ももう目前だ。

『それにしても、〝水族館〟とはいいところに目をつけましたよね。確か、吉澤さんが初めて参加した会議で出した案でしたっけ？』

「ありがとうございます。たぶん、それでメイン担当を任せてもらえたのかなって」

『ああ、なるほど』

私も驚いている。まさか、あの時〝参加してるからには何か意見を絞り出さなきゃ！〟と思って口に出した思いつきが、今こんな風に実現しようとしているなんて。あの時の私が知ったらさぞ驚くだろう。

営業部からの異動を命じられた時は〝営業に向いてなかったのかなぁ〟と落ち込みもしたけど、今となってはこれでよかったと思う。企画が大詰めになるにつれて忙殺されているものの、毎日充実している。自分のアイデアが形になっていくのが楽しい。

（森場くんが製品開発を好きっていうのも、わかる気がするなぁ……）

彼が感じている仕事の楽しさの一端を感じられたような気がして、ひそかに嬉しくなった。

『吉澤さん』

「あっ、はい！　ええと、あとは……」

いけない。今、業務とは関係ないことを考えてしまっていた。意識を仕事に戻そうと書類に視線を落とし、この電話で他に確認しておきたいことはなかったかと考える。

すると、乙原さんが先に言葉を続けた。

『森場さんってどうしてます？』

「……森場ですか？」

頭に思い浮かべていた人の名前が急に出てきてどきりとする。電話越しに頭の中を覗かれてしまったような気がして、焦る。

『最近御社に行っても見かけないので』

「ああ……そうですね、森場は……今はローンチに向けて商談会や量販店を行脚《あんぎゃ》して。社内にいないことも多いんですよ」

『なるほど。そうでしたか』

ここ一カ月ほどは私もほとんど顔を合わせていないような気がする。最近の森場くんはいつものカジュアルなジャケパンスタイルではなく、かちっとスーツを着こなし渉外《しょうがい》活動に勤《いそ》しんでいた。

もっと言うと、一カ月では済まない。ここ三カ月は――つまり、森場くんと疑似夫婦を演じていたあの二週間のあとは、同じチーム内にいてもあまり接点のない日々を過ごしている。週に一度の定例会で顔を合わせはするが、ふたりで密な話をすることはない。

私が森場くん以外の人の仕事を手伝うようになったこともあるし、森場くん自身が単独で動くことが増えたというのもある。いずれにせよ、彼にとって私の役目は終わったということなんだろう。

乙原さんから『森場さんにもよろしく伝えておいてください』と言付かって、電話を終えた。

私と森場くんが婚姻関係にないということは、二週間の疑似結婚生活を終えたあとすぐに社内に広まった。まずは〝ふたりとも指輪はずしてない？〟と囁かれるところから始まり、プロジェクトのメンバーが質問攻めに遭い、〝もうふたりを夫婦扱いする必要もないか〟と真相を話して、一気に浸透した。

私は「やっぱりねぇ！　そうだと思った！」という女性陣の嬉しそうな声をたくさん聞いたし、何なら面と向かって言われもした。そのたび私は「そうなんですよ～実は！　バレてましたか～」と明るく笑って見せたけれど――ほんとは、ちょっとだけ悔しい気持ちがある。私がもっと魅力的な女性だったら、〝疑似〟で終わらずにもっと違う関係になれていたのかなって。

（――なんてね！）

不毛なことをいつまでも考えていたって仕方がない。私は自分のデスクで背筋を伸ばしてパソコンに向き直った。

今の私の仕事はプロモーション施策の担当だけじゃない。森場くんが二週間かけて企画を洗い直すことをチームのメンバーに納得してもらうために、私は苦肉の策で〝私にできることならなんだってしてします〟と宣言した。すると今、容赦なく私の上に仕事が降ってくるようになった。

メールで飛んでくる小さな調べもののお願いから、社内の調整事。イントラネット上の私のスケジュールには油断するとドンドコ勝手に打ち合わせを入れられてしまうので、作業時間なども細かく入力して確保していかないといけない。——でも楽しい。ここで頑張る仕事のひとつひとつが、森場くんの大事な企画を守ったり、成功に導いたりするんだと思えば。

(頑張ろう)

あの疑似夫婦生活が終わった時に決めたのだ。邪まな気持ちがなかったわけではないあの二週間を、私なりに意義のあるものにしよう、と。あとからでも堂々と〝仕事のためでしたよ〟と胸を張って語れるよう、このプロジェクトに全力を尽くそう、と。

——あの時の指輪は布袋の中に入れて、手帳のポケットに挟んで持ち歩いている。

嵐のような忙しさの中であっという間に二週間が過ぎ、十一月三週目の土曜日。

水族館でのイベント当日。私を含めたロクハラ寝具の社員三十名と、乙原さんを含めた広告代理店の社員三名、そして今回協力してくれるイベント会社関連の業者五名が搬入口に集結していた。

森場くんは今日も商談会に行っている。彼や、湯川さんや斧田さんといった〝LUXA〟プロジェクトのメンバーは、各々の業務が完了次第この会場に遅れてやってくることになっている。今日の現場責任者は私だった。

会場へのベッド搬入予定時刻は午後八時五分。交通渋滞などが影響しないように早めにベッドを水族館に運ぶことも検討したが、二十六台のベッドを積載《せきさい》したトラックは物理的に邪魔になる。

事前の打ち合わせで水族館側から〝早い時間から搬入口を占拠されるのは困る〟と申し出があり、ベッドを載せたトラックはギリギリまで一般客用の駐車場で待機することになっている。

ベッドは大きいため、現地での組み立てが必要になる。閉館直後すぐに資材を運び込み、参加者が再び集合する九時までに、組み立てに慣れているロクハラ寝具の作業員で一気にベッドを完成させることになっていた。うちの社員の人数が多いのはそのためだ。

「もうそろそろトラックをこっちに回してもらってもいいでしょうか？」

立ち会ってくれている水族館側の職員に確認を取り、許可をもらう。そのやり取りを見ていた乙原さんがイベント会社のリーダーに「回してください」と指示を出し、リーダーはスマホでトラックの運転手に電話をかけ、移動を促した。

「じゃあ、乙原さん。ここはお任せして、私は参加者受付のほうに行っていますね」

「はい。何かあればインカムで連絡します」

トントン、と彼が片耳に掛けているイヤフォンとマイクのセットを指先で叩いて合図する。私も真似をしてインカムを触る。

「承知しました」

イベントの受付開始時刻はベッドの搬入よりも少しだけ早い八時。受付だけ先に済ませてもらって他のエリアを貸し切りで観覧してもらったあと、九時に〝青の洞穴〟に集まってもらうことになっている。

今日参加するのは事前抽選に当選した二十六組のペア、計五十二名。ペアの関係はさまざまで、メインユースを想定した夫婦、恋人同士の参加はもちろん、友人同士、親子での参加もある。

受付の仕事は、何も複雑なことはない。住所や電話番号などの連絡先は当選通知の際に教えてもらっているので、受付では身分証などで本人確認を行うだけ。八時の受付開始と共に、近くで時間を潰して待っていたと思われるペアが続々とやってきた。

——問題が起きたのは六組目のお客様の受付をしていた時だ。ナチュラル系のファッションに身を包んだ三十代前半のお母さんと、幼稚園くらいの活発そうな男の子。〝夜の水族館で一晩過ごすなんていい思い出になるだろうな〟と微笑ましく思いながら応対した。

「本日はご参加いただきありがとうございます。失礼ですが、お名前をちょうだいできますでしょうか」

「和島《わじま》です。和島裕子《ゆうこ》と、和島蓮《れん》です」

「和島裕子様と、蓮様でございますね」

これまでの組でもそうしてきたように参加者名簿を目で辿る。代表者の名前の順で記載された名簿の中から名前を見つけ出すことは決して難しくない。しかも今回は〝和島〟さん。最終行を確認すれば、すぐにでも見つけられるはずだった。

（……あれ？）

なぜか〝和島〟の名前が見当たらない。最終組の五十一番、五十二番は、それぞれ〝澪川《れいかわ》〟さんの名前で終わっている。おかしい。

嫌な予感がした。もうすぐ冬だというのにじっとりと嫌な汗が滲《にじ》むのを感じながら、おそるおそる親子に尋ねた。

「……和島様。恐れ入りますが、別の名前でご登録いただいている可能性はないでしょうか?」

「えっ? いえ、和島で登録したはずですけど……」

念のため、フリガナの欄も確認しながら〝ユウコ〟と〝レン〟の名前を探すが、どちらもが該当するペアの記載はない。

隣で一緒に受付をしてくれていたロクハラ寝具の後輩も状況を察したのか、不安げに「吉澤さん……」と私の名前を呼ぶ。――大変なことになったかもしれない。

バクバクと大きく鳴る心臓の音に意識を持っていかれないよう、気を確かに保ちながら、訝《いぶか》しげな顔をしている母親に笑いかける。

「――申し訳ございません! 和島様。おそらくこちらのミスです。すぐに確認してまいりますので、もう少しだけこちらにかけてお待ちいただけますでしょうか」

すぐ傍の休憩用のソファに案内し、受付にスタッフをひとり残して自分はバックヤードに引っ込んだ。隅に置いてあった自分の鞄の中からノートパソコンを取り出し、今日の参加者名簿のデータを探す。

事の次第を見ていたスタッフのひとりが隣にやってきて言った。

「あの女性が何か勘違いをしている可能性はありませんか? 抽選にはずれたのに当選したと思い込んでいるとか……」

「いえ……」

　現実的にそれは考えにくいと思う。当落通知のメールの文面はまどろっこしいものではなかったし、それに……〝和島〟という名前には見覚えがある気がした。Ａ４用紙に出力された参加者名簿の中にはなかったけれど、どこかで見た。

　名簿データはすぐに見つかった。今日のプロモーション施策関連をまとめたフォルダの一番上にあった。ダブルクリックしてソフトを立ち上げ、中身を確認すると——。

（……そういうことか！）

　印刷範囲として設定されているのは定員の五十二番目まで。しかし、〝和島〟の名前は確かに入力されている。

　予備の当選候補枠である、五十三番目と五十四番目の欄に。

「これってっ……」

　隣にいたスタッフの横顔がみるみるうちに青褪《あおざ》めていく。私はなるべく落ち着いた声を心がけて返す。

「……こちら側のミスですね。当選者と連絡がつかなかったり、不参加の返事があった時のための繰り上げ当選枠の人に、誤って当選連絡をしてしまったってことかと……」

「大変じゃないですか！　どこでこんなミスがっ……」

犯人捜《さが》しをしている場合じゃない。

私はすぐにインカムのボタンを押し、乙原さんに話しかけた。

「──乙原さん、聞こえますか？　吉澤です」

『聞こえますよ。どうかしましたか？』

「実は……」

手違いでベッドの数よりも参加者が上回ってしまいそうな状況を手短に説明した。

私の報告を聞く乙原さんは冷静で、慌てた声をあげることもなく、落ち着いたトーンで返事をした。

『……なるほど。申し訳ありません、それはこちら側のミスかもしれません。──謝罪は後ほどさせていただくとして、まずはいらしてるお客様ですね』

「はい。和島様は繰り上げ当選枠の方ですが、それはこちらの事情ですので受付をしてしまおうと思います」

『それがいいと思います。とりあえず来られた順に受付しましょう。もしかしたらこれから欠席が出る可能性もある』

「そうですよね……」

話しながらお互いに、〝そんな不確定なことには頼れない〟とわかっていた。予定通り全員がやってきてから〝ベッドが一台足りません〟なんて最悪だ。せっかく今日のイベントを楽しみにやってきてくれたお客様を踏みにじってしまうことになる。この先〝ＬＵＸＡ〟がどれだけ素晴らしいプロモーションをしたところで、一度がっかりさせてしまったお客様の心は取り戻せない。

『とりあえず吉澤さんは和島様の対応をお願いします。それが済んだら〝青の洞穴〟に来てもらえますか？　他のロクハラ寝具の皆様には私が先に状況を説明しておきます』

「わかりました。お願いします」

インカムでの通話を終え、パソコンを閉じて受付へと戻る。

「大変お待たせして申し訳ございません、和島様。ただいま確認が取れましたので、こちらをお持ちください。本日ご使用いただくパスになります」

「あ……ありがとうございます」

不安げだった母親の顔は、パスを受け取るとホッとした様子で和らいだ。彼女はしゃがんで息子にパスを渡し、笑いかける。

「蓮、よかったね～！　夜のお魚見られるって！」

「やったぁぁぁ！」

飛び跳ねて喜んでいる少年を見ていると胸が痛くなった。──この子だけじゃない。今日のイベントを楽しみに来てくれているのは他のお客様も同じだ。どうにかしないと。

後の受付を他のスタッフに任せ、私は青の洞穴へと向かった。


〝青の洞穴〟と名前がついているこのフロアはこの水族館の目玉で、大水槽の中を熱帯魚や小型のサメがぐるぐると回転して揺蕩《たゆた》っている。照明が落とされた薄暗い空間を、壁一面の大水槽が放つ青く柔らかな光が満たしていた。

そんな空間にベッドが着々と組み立てられていく様は圧巻だ。

「……二十七台あったりしませんよね？」

「残念ながら、何度数えても二十六台ですね……」

乙原さんは本当に何度も数えたのか、焦燥《しょうそう》しきった顔で答えた。

「スペース的には、間隔は狭くなってしまうけど詰めればもう一台ベッドを置くことは可能です。……ただ、そのもう一台のメドがどうにも……」

先に説明を受けたらしいロクハラ寝具の社員も、広告代理店の人たちも、イベント会社の人たちも、みんな不測の事態に苛立《いらだ》っている。

会場には広報用の素材を撮りにきた湯川さんと、ベッドの不具合があった際に対応するため斧田さんも駆け付けていた。

「これは激マズでしょ……事前抽選の小規模イベントだし、当日欠席が出る可能性は低いわ」

「同じタイプのベッドが社にあるのはあるが、土曜日だから誰も出社しとらん。今からトラックに乗ってここから取りに向かっても、往復で一時間以上はかかるだろうし、その後も組み立てが……」

誰も〝ベッドが足りなくなる〟なんてことは想定していなかった。それは当然で、事前抽選で参加人数が決まっているイベントなのだから、ベッドが余ることはあっても、足りなくなる事態なんて誰にも想像できないだろう。みんな〝参加者リストは正しい〟という前提で動いていた。

たった今経緯を聞いたらしいスタッフのひとりが、「えっ、そんなミスありえますか⁉」と声をあげた。悪気はなかったようで〝やばっ〟という顔で慌てて口を手でふさいでいたが――その通りだと思う。こんなミスはありえない。

そしてこの施策の責任者は私。

(考えなきゃ)

気を抜くと涙がじんわり瞳に膜を張りそうになるのを、固く拳を握って我慢する。

一番現実的なのは、今からでもここから会社までトラックでベッドを取りに行ってもらうことだ。時間はかかってしまうけれど、その間はなんとか間をもたせて――いや。子どもも参加しているから、そんなに遅い時間まで引っ張ることはできない。

(どうすればっ……)

今こうしている間にも、森場くんと〝LUXA〟チームのみんなと作り上げてきた企画に泥を塗っているような気がして胃が苦しくなる。大事なプロモーションの一発目だったのに。製品の良さを体験してもらえる最高の場を整えられたのに。

せっかく、みんなが私を信頼して、この役目を任せてくれたのに。

もっといい解決方法を考えなくちゃいけないはずが、焦りと申し訳なさが脳内を占拠して考えがうまくまとまらない。そんな自分がどうにも情けなくて、再び涙の膜が瞳に張り始めた時に――声を掛けられた。

「吉澤さん、電話が。森場さんからです」

「……森場くんから?」

私に声をかけたのは乙原さんだった。

(どうして乙原さんのスマホに……)

不思議に思って自分の社用携帯を見たら、不在着信がいくつも入っていた。動揺のあまり着信に気付かなかったらしい。

私は乙原さんの手からスマホを受け取り、ゆっくり耳に当てる。……正直、今は合わせる顔がない。通話だから顔を合わせることはないんだけど、バツが悪すぎて何を話していいのかわからなかった。怒られるかもしれない。失望させたかもしれない。

とにかく謝ろうと口を開く。

「……もしもし、森場くん？　ほんとに――」

ごめんなさい、と言おうとしたら。想像とは違う、飄々《ひょうひょう》とした明るい声がした。

『なっちゃん、泣いてんの？』

「……え？」

『さては眠いんだろ。眠いとすぐグズるもんな～、なっちゃんは』

そう言って、幼稚園の頃の話を持ち出して私をからかった。彼は何を言っているんだろう。そんな冗談を言っている場合？　……違うか。慰めてくれているのか。ミスをした私の気持ちを和らげようとして言ってくれているんだ。

「……泣いてません。森場くん。有難いけど、今は私の気持ちよりもこの状況を――」

『ですよね！　まかり間違っても、うちの吉澤奈都は仕事のピンチなんかで泣いたりしないよなぁ』

「……あ」

――違う、と、その言葉で私は理解した。

彼は私を慰めようとなんてしてない。そんな、ぬるいことのために電話をかけてきたわけじゃない。私は自惚《うぬぼ》れていた自分を恥じ、同時に胸が熱くなった。

森場くんの飄々とした言葉は、私に〝しっかりしろ〟と言っている。

『乙原さんからざっくりと事情を聞いた。ベッドが足りないかもしれないんだって？』

「っ……そうなの。参加予定人数が定員より多くなってしまって。至急もう一台用意したいんだけど、土曜日だから会社に人がいなくて……こっちからトラックを出しても時間がかかり過ぎでっ……」

落ち着いて説明したいのに、話すうちに事態の深刻さを痛感して無意識に早口になってしまう。森場くんは「なるほど」と状況を飲み込むように相槌を打ち、それからこう言った。

『俺が届ける』

「えっ……？」

『商談会が伸びてて今からそっちに向かうところだったんだ。今は会社に向ってる。商談会の会場が会社から近いとこだったからもうすぐ着くよ』

「え、いや、でも……」

森場くんひとりが会社に向かって、何とかなる問題だろうか？

私の不安を読んだように彼は答えた。

『組み立てはそっちに運んでからやるから、バラバラの状態なら軽トラで十分運べる。軽トラなら俺が持ってる普通免許でも運転できる』

「や、でも……いくらバラバラの状態とはいえひとりで運べる？　軽トラに載せるまでどうやって……」

『そんな警備のおっちゃんに泣きついてでも手伝ってもらうよ。大丈夫。人にお願い事して無茶を叶えてもらうのはけっこう得意なんだ。なっちゃんも知ってるだろ？』

……知ってる。彼はそのキャラクターと口のうまさで、私との疑似夫婦設定を会社に認めさせたのだ。そんな彼の言うことだから、ほんとにどうにかなるような気がしてきて、泣きそうになった私はそれを誤魔化《ごまか》すためにこう口走った。

「っ……迷惑だよぉ……」

『真面目かよ』

彼は私のコメントにそう突っ込んで小さく笑うと、すぐにキビキビとこのあとの流れの説明に入った。

『今会社に着いたから、これからすぐ軽トラにベッドを積んで会場に向かう。そっちから往復するほどはかからないけど、組み立てにも時間がかかるから多少は遅れると思う』

「うんっ……」

『なっちゃんはその間、子どもも飽きずに聞いていられるような楽しい製品紹介をして間をもたせる。……できるな？』

あ、やばい。だめ。今度こそ泣きそう……。

不安だからじゃない。「できるな？」と言った森場くんの声が優しすぎて、それで驚くほど安心して、涙腺が緩くなってしまった。

——でも泣いている場合じゃない。私はキッと凛々《りり》しい表情をつくり、できる限り力強く返事をする。

「……できるっ」

『よし。それでこそ俺の初恋の人だ』

「――え？」

　今、なんて？

　びっくりして涙が引いた。私が驚いている間に、森場くんは「それじゃまたあとで」と言って通話を切っていた。目をパチクリさせている私を見て、傍にいた乙原さんが心配そうに「森場さんなんて……？」と尋ねてくる。

　私は乙原さんにスマホを返しながら、さっき彼から聞いたことを説明する。

「森場が、会社からここまでベッドを運んできます」

「森場さんがですか」

　なんだか他にものすごいことを言われた気がするけど、いったん忘れることにする。今は何よりも目の前の問題をどうにかしなくちゃ。あと三十分足らずでお客様の集合時刻がやってくる。

　私に今任せられているのは、イベント開始から森場くん到着までの時間を繋ぐこと。――参加してくれている子どもたちを飽きさせずに、製品紹介をすること。

　私は演台《えんだい》に置いてあったマイクを手に取った。両手でマイクを持ち、傍にいた乙原さんのほうを向く。

「え？」

「乙原さん。ちょっと練習に付き合ってください」

——この日、地味な私が人生で初めて披露したアニメキャラの声真似芸は、後にロクハラ寝具で長く語り継がれることになる。

予告通り森場くんはイベント開始から三十分ほど経ったタイミングで水族館に到着し、ベッドは私がMCをしている間にこっそりと会場内に運び込まれた。

これでようやく一安心。ホッとした私が製品説明を終え、通常のイベントMCのお姉さんにバトンタッチしてステージ脇にはけると、そこでヨレヨレのスーツ姿の森場くんが出迎えてくれた。ハイタッチしようと片手を上げている。

「お疲れ」

「森場くんもお疲れさま。本当にありがとう」

その手に吸い寄せられて軽くタッチし、私も自然に笑顔がこぼれた。重ねた手はすぐに離れていって、隣に並んで立った彼は私をからかう。

「子どもたちも大喜びだったじゃん、声真似。なっちゃんにあんな特技があるとは知らなかった～」

「私だって、自分に声真似ができるなんて知らなかったよ……」

人間追い詰められればなんでもできるものなんだと知った。っていうか、〝そこで開花する能力がこれ⁉〟という気持ちは否めないけれども……。

森場くんはまだ私のことを笑っている。

「笑いすぎじゃない？」

「いやぁ……だってさ。グダグダでやり過ごすこともできただろうに、全力なんだもん」

「そんなわけにはいかないじゃない。みんなで大切に作ってきた企画なのに……」

「……うん。そういうところがめちゃくちゃ好き」

「えっ」

またしれっと爆弾発言をぶっこまれて、私はわかりやすくうろたえる。そういえばさっきの通話でも〝それでこそ俺の初恋の人〟とかなんとか、意味深なことを言っていた。

〝冗談なのかな〟とも思ったが、彼は茶化すことなく優しい眼差しを私に向けている。

真意を測りかねて、ただ照れた私の顔は〝ぼっ！〟と熱くなる。

（……本気で言ってるの？）

言葉にして確かめようとした。

しかし、ここはまだ仕事の現場。そういつまでもふたりの世界でいさせてもらえるはずがなかった。

「いい雰囲気のところ申し訳ないですけど、ちょっといいですか」

「あっ！」

ステージ脇の、お客様からは死角になる階段で、乙原さんが私たちのすぐうしろまでやってきていた。

「すみません乙原さんっ……」

「いえ。上手に場を繋いでくださってありがとうございました、吉澤さん。参加者名簿の件は完全にこちら側の連携ミスです。また〝ＬＵＸＡ〟チームの皆様にも謝罪に伺いたいのですが、まずは何より……吉澤さん、森場さん。本当に申し訳ありませんでした」

深々と頭を下げる乙原さんに、私は恐縮しきってしまう。

「顔を上げてください、乙原さん。確認は私も一緒にしていましたし、責任は私にも──」

そう言おうとした私を腕で制し、森場くんは意地悪く笑う。

「これで貸し一ですね、乙原さん」

「……森場くん！　なんてこと言うんですか！」

「いや、いいんですよ吉澤さん」

「えぇっ……」

取引先なのに、森場くんの言動は失礼に当たらないか。ハラハラしていた私をよそに、乙原さんと森場くんは……微笑み合っている？

「このあとに控えている企画で巻き返してくれるんでしょう？」

「それは勿論。度肝を抜かせられるように力一杯やりますよ」

「それは楽しみです」

なんだか彼らは、私の知らないところでとっても仲がいいみたいだった。なんだ……。ハラハラして損した。

〝けんかするわけじゃないならいいや〟と思い、私は彼らを残して他のメンバーと合流しようと階段に足を向ける。すると、乙原さんの話にはまだ続きがあった。

「すみません吉澤さん。あとひとつだけ報告が」

「あ、そうでしたか。何でしょう？」

「あの……大変言いにくいんですけど……」

「……え？」

――乙原さんが目を泳がせながら報告してくれた話によると、メインイベントのベッド体験が始まる前に一組の親子が途中退場で帰ってしまったらしい。

聞けばそれは私が応対した和島親子で、息子の蓮くんが夜の水族館にテンションが爆上がりしてしまい、興奮のまま水槽を見つめ続け、目が回り、酔って嘔吐してしまったと。

「えっ……大丈夫なんですか、それ」

「はい。水槽エリアから離れて休んでいるうちに回復したみたいです。ただ、元から酔いやすい体質だったみたいで……。一度酔ってしまうと、一晩ここで過ごすのは難しいだろうってことで、お母さんが〝すみません〟って」

「そうでしたか……」

せっかく森場くんがベッドを届けてくれたのに、結局一台余ることになってしまった。

乙原さん同様、私も申し訳ない気持ちで森場くんの顔を見上げる。せっかく頑張ってくれたのに徒労に終わってしまい、何とお詫びすればいいのか……。

私が言葉に迷っていると、森場くんはケロッとした顔で言った。

「ってことは一台余る感じ？」

「ですね……」

「そっか。少年には悪いけど……そういうことなら、この機会を利用させてもらおうかな」

「え？」

なぜか、森場くんに手首を掴まれていた。彼は私の手を引いて、ベッドが所狭しと並ぶ空間に私を連れていく。お客様たちはすでにベッドと大水槽を満喫するモードに入っていて、誰も私たちのことなんて気にしていない。

「えっ、えっ……？」

迷いのない足取りで、余っている一台のベッドに向かっていく森場くん。そのベッドは中央列の端っこに配置されていた。

一体何をするつもりなのか。ベッドのもとに辿りつくと彼は革靴を脱ぎ、スーツのジャケットを脱いだ。

「なにっ……」

最後にネクタイをはずし、ベッドの中に潜り込む森場くん。

彼はきっちり掛布団を被り、隣半分のスペースを空けて私を誘う。

「はい、なっちゃん。どうぞ」

「はっ……いや、ダメでしょっ。今日は運営側なのにっ……」

周りのお客様に聞こえないよう小さな声でたしなめるも、森場くんはそんな私を丸め込むように抱き寄せてベッドの中に無理やり引き込み、「モニターモニター」と囁いた。

「モニター……？」

「人に薦《すす》めたものはいったん試しておこうよ。大がかりだし、確かこのイベントはリハーサルもなかっただろ？　……それとも俺以外とこうやってベッド試したの？」

「まさかっ……」

「よかった」

何がよかったのかさっぱりだった。彼は器用に私のパンプスを両足分とも脱がせると、この日のために卸《おろ》したジャケットも簡単に脱がせてまとめてベッドの下の籠《かご》に入れてしまう。

ろくに抵抗する暇もないほどあっという間の出来事。気付けば私は、ベッドの中でワイシャツ姿の彼の腕に抱かれていた。

「……非日常感すごいね。もう何度も同じベッドで寝たはずなのに、初めてみたいだ」

「っ……」

ぼそぼそと耳元で囁かれて、私の気持ちは一気にあの夏の二週間に引き戻された。油断するとここが仕事の現場だということも忘れそうなくらい、ドキドキしている。

ワイシャツからは仄かに汗の匂いがしていて、森場くんが今日一日頑張ってくれたことがよくわかった。いつまでもこの胸に擦り寄って堪能《たんのう》していたいくらいのいい匂いだったけれど、彼の手によって簡単に体を離され、気づけば私は森場くんに腕枕をされていた。

「あ……」

「いやー……改めて、めちゃくちゃいいアイデアだと思う。〝夜の水族館のお泊り企画でベッドを使ってもらおう〟って」

「ありがとう……」

褒められれば嬉しいはずなのに、ドキドキしすぎていまいち身が入らない。

ちょっと落ち着こうと思ってふっと息を吐き出した。自社製品であるベッドに背中から体重を預け、深く沈み込む。目前に広がる巨大な水槽に目を向ける。

さっきまではテンパってて、とてもじっくり眺めている余裕なんてなかった。だけど改めて眺めるとすごい。視界いっぱいに広がる大水槽の中ではマイワシが止まることを知らず、球状にぐるぐると回り続ける。

飼育員さんの話では、それは〝ベイト・ボール〟と呼ばれるらしい。小魚が捕食者から身を守るために形成する球形群《きゅうけいぐん》。一万匹は下らないというマイワシの鱗《うろこ》が銀色にキラキラと輝き、ウェーブをつくる姿は圧巻。そこにマイペースに揺蕩うエイや小型のサメ。自然の海に似通った環境は調和が取れていて、見ていると、心が休まるのと同時に感覚が研ぎ澄まされていく気がした。

深く深くベッドのマットレスに埋もれて、そのうち突き破ってスローモーションで更に下へと落ちていきそうな錯覚に陥る。まるで自分が水底に沈んでいくような。

（まさか実現するなんて……）

あの時パッと口にした企画が今こうして形になることを、当時の私は一ミリも予想していなかった。

……というか、あの頃の私はまだ知らないのか。森場くんと二週間だけ夫婦として過ごすことも、その後、想いが募って苦しくなることも。

しんみりしそうになったので、振り切るように話題を変える。

「……森場くんは、小学校の遠足で水族館に行った時のこと憶えてる？」

「え……あ……あー。あったかも。そういえば……」

その時のことを、私は鮮明に憶えている。

幼稚園の頃は、自分の中の〝すき〟っていう感情が恋愛か友情かなんて区別がつかなかった。でも小学三年生にもなればはっきりしていた。私は幼馴染の森場涼真くんのことが好きで……告白するつもりだった。遠足に行った先の水族館で、隙を見てふたりになって「好きです」と言おうと。そうしなければ、学年が上がるにつれて男女の壁に阻《はば》まれ、気安く話しかけられなくなっていく予感があったから。

結果的に、告白をすることは叶わなかった。彼は小さい頃から大勢の友達に囲まれていて、ふたりきりになれるタイミングなんて一瞬もなかったからだ。私は自分の計画の甘さを呪い、勇気のなさを呪った。そんな風に自己嫌悪に陥《おちい》っている内に、彼は家庭の都合で校区外に引っ越してしまった。

――あの会議の場でとっさに〝水族館〟が頭に浮かんだのは、そんな未練が私にあったからなのかもしれない。

（……なんてことも、言えないなぁ）

しんみりしちゃうからと思って話題を変えたのに、結局水族館の話題も切ない思い出を呼び覚ますだけだった。私が黙り込むものだから、森場くんも「なっちゃん?」と不思議そうに私の顔を見ている。

私は苦し紛《まぎ》れに適当にまとめた。

「――懐かしいよね、水族館! 大人になってからは来る機会がなかったから、仕事だけど今日は本当に楽しみで――」

「うん……」

気付けば、森場くんは私から視線をはずしてぼんやりと水槽を眺めていた。

何か考え事を始めたらしい彼に、私もぼんやりと想像を巡らせる。

(……なんでここで上の空になったんだろ)

もしかして、森場くんは大人になってからも誰かと行ったのかな、水族館。もしそうだとしてもまったく驚かない。今でこそ彼は〝恋人ができない〟と言っていたけれど、モテはするのだと彼自身も言っていた。

仕事が忙しいうちはデートどころではなかったかもしれないが、それなりに恋愛もしてきたんだと思う。女性の扱いもうまいし、優しいし……。

しばらくお互いに黙りこくって、ゆったりと優雅に泳ぐ海の生き物たちを眺めていた。

「…………なっちゃんにさ。まだ、話してなかったと思うんだけど」

「なに？」

不意に森場くんが話を始めたので、私は一瞬ビクッとして声がうわずってしまった。

彼の声のトーンはいつになく暗めで、何を打ち明けられるか見当もつかない。〝今になって何を話すんだろう〟と思いながら——私はまだ、大人になった彼についてほとんど何も知らないことに気付いた。

森場くんの話は、彼の身の上話から始まった。

「俺の両親、俺が中学に上がる前に離婚してさ」

「え」

知らなかった。思わず漏れてしまった驚愕の声に、森場くんが苦笑する。

幼い頃の記憶の中で、彼のお母さんの顔をおぼろげながら思い出すことができる。私の母と仲が良く、家に遊びに行くとよくお菓子を焼いてくれた。普段はとっても優しいけれど、危ないことをした時は小さな森場くんと一緒に泣くほど怒られた。

お父さんのほうは、あまり会う機会がなかったのか顔を思い出すことができない。

彼の両親が離婚していたとは知らなかった。

「そうだったの……」

「俺は父親にも母親にもたまに会ってるんだけど、ふたりはお互いに連絡も取ってないみたいで。どっちもピンピンしてるんだけどねぇ」

私に気を遣ったのか、彼の声は話を始めた時に比べて若干明るくなっていた。こういう話題に慣れていないんだろうなと思った。自分の家族のことをどんな風に語っていいものか迷っている様子で、それでも彼は、何かを私に伝えようとしている。

私は話を聞く姿勢を見せ、彼を急かさないように抑えた声で「それで?」と続きを促した。

「それぞれ今を楽しそうに生きてるから、これで良かったんだろうなとも思う。でもさ……子ども心的にはやっぱり、〝離婚はしてほしくなかった〟って気持ちがずっとあって」

「……うん」

「〝ふたりが離婚する前に、自分に何かできることがあったんじゃないか〟って。……そんなことを大人になってからもふと考えたりしてさ。今更もうどうしようもないってわかってるんだけど……」

「……森場くん。それは」

あなたのせいじゃない、と言いたかった。

子ども心に〝自分がこうしていれば〟と考えてしまう気持ちはわかる。でも森場くんの両親は、森場くんのせいで離婚をしたわけじゃない。彼の言葉にはどこか自分を責める気持ちが感じ取れた。

しかし、彼自身はそれをもう乗り越えているようで、〝うん〟と頷いて見せる。

「子どもだった自分のせいにしてても仕方ないから、そう考えるのはやめることにした。もっと今の自分に何ができるか考えたくて……今は、〝どうしてふたりは離婚したんだろう〟って、離婚の理由をよく考える。それで――わかったことがあるんだけど」

「うん……」

「ふたりの間には、圧倒的に会話が足りてなかったと思うんだ」

森場くんの横顔に、かつてよく遊んでいた男の子の面影が重なる。

あの頃の純粋な観察眼と、大人になる過程で彼が培った思慮《しりょ》深さが交わって、弾《はじ》きだされた結論。それは〝ただの後悔〟とは違う気がした。

「親父はいつも仕事で帰りが遅くて、お袋とは寝る場所も別々だった。そりゃ会話もなくなるよな。〝仕事は仕方ない〟ってことは、自分が社会人になってみてよくわかった。でも……夜や朝にちょっとでも会話する時間を持てていたなら、ふたりの人生はまた違ったのかもしれないなって」

そこまで言い切って、彼は少しすっきりしたように息をつく。語る彼の横顔を見ていると〝本題はこのあとだ〟とわかった。

「だから……今回はそういうベッドを作ったつもりなんだ。どれだけ忙しくても必ずそこに帰ってくる〝巣〟みたいな。そこで安心しながらパートナーと会話するのがユーザーの〝当たり前〟になるような……」

「……うん」

「どれだけ企画を練って機能を付けたところで〝たかがベッドじゃん〟って言う人はいるだろうけど……でもさ。もしかしたらその〝たかがベッド〟のお陰で、ひとつの家族が離れずにいられるかもしれないもんな」

彼の部屋の書棚に、寝具のこととはまったく関係のない書籍が並べられていたことを思い出した。

記憶にあるタイトルを脳裏に思い浮かべる。

〝夫婦の社会学〟

〝折れない家族のつくり方〟

〝リラックス・コミュニケーション〟

彼はずっと真剣に考えていたんだ。

バラバラになる家族を少しでも減らせるように、自分の仕事で何ができるのかを。

「――ごめん、無駄に語りすぎた……えーっと、つまり……この話で俺が何を言いたかったかというと……」

私はぶんぶんと首を横に振る。

無駄なんかじゃない。私たちは夏に二週間も誰よりも近くで過ごしていたけれど、〝もっとこういう話をすればよかった〟と思った。今ここで森場くんの口から語られた話が一番、彼の核心に触れるもののような気がする。

それを聞いた私は彼の気持ちが乗り移ったかのように少し切なく、同じくらい、森場くんの内側に触れたような嬉しさで胸が震えている。こんなにも彼を近くに感じられたのは初めてだった。

――だからだろうか。

「森場くん……」

「ん……何？　どうしたの、なっちゃん」

「好き」

「は」

気持ちがついぽろっと口から零れ出ていた。

仕事に情熱を注いでいる姿を間近で見ていたら、いつの間にか昔と比べ物にならないほど好きになっていた。今、どうして彼がこうなったかを聞いて、それが幼い頃からずっと抱えている傷が理由だと知った。その傷を今度は誰かのために活かそうとしているのだと知ったら、〝好き〟が溢れて止まらなくなってしまった。

私の唐突な告白に森場くんは目を丸くしている。

「す……好き、って、言った？　今……」

まっすぐ彼の目を見てこくっと頷く。肯定すると、彼もまさか今ここで告白されるとは思っていなかったらしく、目に見えて動揺していた。

いつも余裕だったり、おちゃらけていたりする森場くんの耳からうなじまでが、みるみるうちに赤く染まっていく。

「あ……や、えっと……」

私も本当は今言うつもりはなかったのだけど、言ってしまったものは仕方がない。

覚悟を決めて彼の返事を待つ。

「……その……」

「うん」

森場くんがどう返してくれるのかは、正直なところよくわからなかった。〝初恋〟だとか〝そういうところが好き〟だとか思わせぶりなことをたくさん言われたような気がするけれど、男の人は他意《たい》なくそういうことを言うもの。

何度も経験してきた。冗談みたいなノリで「好き」と言われて、ドキドキしてしまったらその分だけこっちが損をする。かつてそうやって私に声をかけてきた男の人は、みんな一週間も経てば何事もなかったかのような顔で私に接してきた。まるで〝ちょっとふざけただけだよ〟と言わんばかりに。だから私は弄《もてあそ》ばれる前に、「冗談ばっかり！」と先手を打つようにしている。

森場くんの場合はどうなんだろう。

〝会社のスターが私を好きになるわけないよな〟という気持ちは今も自分の中にある。それでも、森場くんの答えはわからない。だってこれまでの全部がただの冗談だったとしたら……真っ赤に染まっている耳や、うなじ。それから今、大切な話を私にしてくれたのも、どうしてなのか説明がつかないから。

〝青の洞穴〟の見上げるほど大きな水槽の前。水槽から漏れるゆらめく光で、二十七台のベッドが青く染まっている。二十七組のペアは大切な人とそれぞれの世界に浸かり、普段はあえてしないような会話を楽しんで特別な時間を過ごす。

私たちも例に漏れずに。特別な雰囲気の中で。

「……なっちゃん。俺は」

青い光のなかで、森場くんの真剣な瞳が煌《きら》めくのを見た。

時の流れが止まったみたいにひそやかで贅沢な空間の中、彼の唇の動きを追う。

──しかし。青い光を遮るように、大きな黒い影が私たちの上に落ちて。

「こらっ、お前ら‼」

周りに配慮して声量は抑えられていたものの、しっかりと叱る気の声。

声がした天井に向かって私たちがバッと顔を向けると、ベッドの頭側から斧田さんが私たちのことを覗き込んでいた。

その表情は、最初に技術開発室で添い寝している現場を見られた時と同じで、何か誤解をしているようにわなわなと赤面している。……今回に限っては誤解とは言い切れない？

私たちにしか聞こえないよう声をひそめたまま、斧田さんは嘆いた。

「社外でいかがわしいことはやめてくれ……！　社内でならいくらやってもいいから！」

……斧田さん。社内もダメです。

ごめんなさい。

六章　私たちはまだやましくない

「まったくいい気なものよね」

そう言って湯川さんは深くため息をついた。定時ギリギリまで私と一緒に仕事をしていて化粧を直す時間はなかったはずなのに、少しも崩れていないメイク。さすが広報部の魔女。夜であろうと、アンニュイな表情で愚痴をこぼしていようと、その美貌に死角なしだ。

私はその隣を歩きながら彼女の愚痴に付き合う。夜のオフィス街。すっかり冷え込む時期になっていて、コートの前をしっかりと締めた。

「社長、そんなにご機嫌だったんですか?」

「そうよー!　もぉ～なっちゃんにも見せてあげたかった～。あの〝全部俺の手柄!〟みたいなドヤ顔!　自分は〝森場の好きなようにやらせろ〟って言っただけなのにねぇ?」

水族館イベントは盛況のうちに終了し、それから二日が経つ。週が明けて今日は月曜日。午後にイベントの報告を社長にしたという湯川さんは、ぷりぷりとご立腹である。

湯川さんの話を聞いていると彼女の気持ちもわかる一方、社長が浮かれるのも無理ないと思った。会社がポジティブなことでこれだけ注目を浴びているのだから、舞い上がりもするだろう。イベント参加者のアンケート結果は上々。当日の様子はＳＮＳ上でも拡散され、夜の水族館のワクワク感と共に〝ＬＵＸＡ〟の心地良さが話題になっている。

〝ヤバい寝心地のベッドがもうすぐ発売されるらしい〟

〝浮遊感半端ないんだって！〟

〝もう試せる量販店もあるらしいんだけど、整理券が開店十分でなくなるんだとか……〟

第一弾の施策は成功と言っていい。発売前の受注や問い合わせ件数の多さから、〝コケることはもうないな〟という域に入っていた。森場くん曰く、〝あとはそれなりに売れるか、爆発的に売れるかのどちらか〟だと。

もちろん、彼は後者を見据えている。このあとに二の矢、三の矢と、森場くんと乙原さんが共同で企《たくら》んだ施策が用意されている。口コミで興味を持った層を〝購入検討〟の段階まで引っ張りあげる体験企画と、更なる商品認知を獲得するメディア戦略。

私でもわかるほど成功の匂いがする。そりゃあ社長だってテンションが上がってしまうだろう。湯川さんの話では、社長ももう大船に乗ったつもりで「経済誌や業界誌の取材はじゃんじゃん引き受けてくれ！ いくらでもしゃべるぞ！」と言っているのだそうだ。

「〝いくらでもしゃべるぞ！〟って、そのしゃべるネタは誰が用意すると思ってんのよ！ っていうね……仕事だから用意するけど……」

「社長、湯川さんのことものすごい頼りにしてますからね……」

「ほんとは企画した森場や技術開発の斧田さんに話してもらうのが、一番熱があっていい記事になると思うんだけどねぇ。まあ仕方ないか……社のトップのほうが媒体は食いつきがいいし、社長はそれが仕事みたいなとこあるもんね」

「そうですよ。やる気出して協力してくれるならいいじゃないですか！ メディアに出るのを嫌がる社長のお尻をつつくのよりは楽です」

「おお～言うようになったわね、なっちゃん。確かにその通りだわ～」

商品や会社の広告塔は社長でいいと思う。森場くんも、自分がメディアに出ることにこだわるタイプには見えないし。〝製品の宣伝のため〟と言えば協力はしてくれるだろうけど、基本はきっと現場でモノづくりをしていたい人だ。

それに……正直な話、メディアに取り上げられて今より女性人気が高まったら嫌だ。

そんな私の気持ちを知ってか知らずか、湯川さんは言う。

「そういえばなっちゃん、土曜のイベントでは森場といかがわしいことになってたみたいだけど」

「なってませんよ！」

少し食い気味に力いっぱい否定すると、逆に怪しい感じになってしまった。そのせいで湯川さんからはまるっきり信じてない顔で「へぇ～」とニヤニヤ笑われ、私はどんな顔をすればいいのかわからなくなる。

否定したものの、あの日は私たちがいけなかったなという自覚はある。一台だけ余っていたベッドに〝モニター〟という名目で潜り込んだくせに、あの瞬間は完全にふたりの世界に入り込んでいた。そうでなければ森場くんに「好き」なんて言えなかったと思う。

途中で斧田さんに怒られ、私から森場くんに告白したきり。その後は水族館の別室で寝泊まりし、翌朝参加者が解散するのを見届けて撤収《てっしゅう》をする間、私たちがふたりきりになることはなかった。森場くんは日曜にも量販店行脚《あんぎゃ》の予定が詰まっていて、解散後はすぐ会場を発った。

そして今日も彼は各対応に追われ、社内にいたりいなかったり。そんな状態なので、今に至るまで彼と私は一言も言葉を交わしていない。——ただ、一通だけ。日曜日の夕方に、森場くんから〝週明けにふたりで話をする時間がほしい〟とメッセージが届いていた。文字のやりとりで済ませる気はないみたい。どんな答えだとしても、面と向かって伝えてくれるのは、とっても森場くんらしいなと思った。

「ま、〝いかがわしい〟も何もないか。あなたたち、二週間とはいえ夫婦生活を送ってたんだものね」

「仕事でじゃないですか……」

疑似夫婦生活が始まった経緯を、あの場にいた湯川さんは重々知っているはずだ。〝アイデア出しのために夫婦のフリをする〟なんて突飛な話だけど、真面目な話し合いの上で決まったことを。

それなのに湯川さんは私の突っ込みを無視して、歩きながら顔をずいと近づけて尋ねてくる。

「ね。気になってたんだけど、森場はあの二週間でなっちゃんのこと落とせたの？」

「え……？」

「夫婦のフリしてる間はなっちゃんも満更《まんざら》でもなさそうだったのに、その後は特に何もなさそうだったから。でも土曜は雰囲気よかったし、結局のところどうなったのかなぁって……」

「いや、待ってください」

〝満更でもなさそう〟なんて何を根拠にそう思ったんですか。……と突っ込むよりも先に、私には他に引っ掛かっていることがあった。今の湯川さんの口振り。〝森場はあの二週間でなっちゃんのこと落とせたの？〟なんて、その言い方じゃまるで……。

「……それじゃあまるで、森場くんが私のこと狙ってたみたいじゃないですか」

「えっ！」

「えっ」

湯川さんが立ち止まり、美しい顔を〝信じられない！〟という風に引きつらせるので、私もうろたえる。そんなにおかしなことを言ったつもりはない。けれど、湯川さんは口元をヒクヒクさせて言った。

「なっちゃん……それ何の冗談……？」

「冗談も何も……」

言いながら、私は焦る。なんだかとっても空気が読めない言動をしてしまった気がして恥ずかしい。どういうことなんだろう。

「湯川さんも斧田さんも、チームのみんなは仕事だから〝疑似結婚〟に賛成してくれたんですよね？」

「そうね。プロジェクトに益があると判断しなければ誰も賛成はしなかったでしょうね」

「そうでしょう？　森場くんだって企画のためでもなければあんなこと……」

「それはどうかしら」

かぶりを振る湯川さん。私はますますわけがわからず、〝わかりません〟という顔を無意識にしてしまっていたらしい。

湯川さんはちょっと困った顔をして、嘆息《たんそく》したと思うと、また歩きだしながら私の目の前にぴんと人差し指を立てた。

「じゃあ問題です。我が社のヒットメーカー、森場涼真が企画した一昨年の秋発売の〝Jシリーズ〟。彼はこの企画で社長賞を獲りました」

「知ってます」

社長賞の結果はイントラネットや社内報、オフィスの掲示物などいろんなところで発表されているから、知らない人はいないくらいだ。ましてや森場くんのときは〝若手が獲った！〟ということで大きく話題になったものだから、知らないでいることのほうが難しい。

「そうよね、ここまでは有名な話よね。問題は次よ。実は社長賞を獲る前に、森場涼真はある人とある約束をしていました。さて、それはどんな約束でしょうか？」

「えぇっ……？」

知っている話だと思って油断していたら、急にまったく知らない話になった。ある人って誰？　ある約束といわれても、それらしい話は森場くんから一度も聞いたことがない。

「びっくりした。ほんとに知らないのね……」

考えあぐねている私を見かねて、湯川さんは早々にヒントを出した。

「なっちゃんがどうして、季節はずれの人事異動でうちのプロジェクトにくることになったのか、不思議に思ったことはない？」

「……あっ……えっ……？」

「他のメンバーは先に決まっていたのに、あとからなっちゃんだけ追加で決まったのはどうしてでしょうね？」

そこまで言われれば、さすがに私も勘付《かんづ》く。文脈的に。

「…………ほ、ほんとですか……？」

──森場くんが、大河内部長と〝私をプロジェクトに入れる約束〟をした？

言われてみればひとつだけ思いあたる節がある。大河内部長は、私に異動の内示を出す時にそのようなことを言っていた。「社内のある人間と約束をしててさ」と。

あの時は〝気を遣って言ってくださったのかな〟と思ってあまり気にしてしなかったけれど……そうじゃなかった？

「でも、どうして森場くんがそんなこと……」

「なっちゃんは営業でなかなかの成績を出してたのよね。営業って大変よ。社外にも社内にも全方位に気を配って、相手の状況や気持ちを想像して動かなくちゃいけないんだから。なっちゃんはその辺のコミュニケーションが絶妙に巧い。だからこそ森場はあなたをこのプロジェクトにアサインした」

「いやぁ……」

買い被りすぎている。褒められ慣れていないことも相まってもぞもぞと落ち着かない気持ちになる。

「仕事としてもあなたが必要だった。そうね、あとは――」

湯川さんの話にはまだ続きがあるそうで、私は緊張しながら待っていた。

けれど湯川さんは言いかけたまま、一度口を閉じてこう言う。

「……これは私がすべき話ではないわね」

「えぇっ……」

「あとは〝どうしてそんなことしたの〟って森場に直接訊いて、困らせてやればいいわ」

ふふんと湯川さんに笑われて、私はやっぱり、どんな顔をしていればいいのかわからない。

今の話が本当だとしたら素直に嬉しい。でも腑《ふ》には落ちていなかった。どうして彼が、入社してからほとんど接点のなかった私をプロジェクトに入れたがったのか。

明確な答えを教えてくれなかったけれど、代わりに湯川さんはこんな話をした。

「森場が普段からそんなワガママばっかり言うような奴だったら、私たちも〝邪魔してやろう〟って気になったんだけどね……。でも初めてなのよ。彼がメンバー編成に口出ししたのは。それまでは与えられた場所でいいモノを作ることしか考えてなくて、ほんとに仕事一筋だったから。〝若いんだからもっと合コンとか楽しめばいいのに〟って周りが心配してたくらい」

「そう……なんですか……」

「うん。そんな奴が珍しくソワソワしだしたら、〝仕方ないからちょっと協力してやるかぁ〟って気持ちになるじゃない？　それで仕事のパフォーマンスも上げてくれるっていうなら、我々的には万々歳なわけだし」

「はぁ……」

湯川さんが何を言わんとしているのかは、わかるような、わからないような。

知らないところで何が起こっていたのかに思いを巡らせ始めた私の背中を、湯川さんは勢いよく〝ばしん！〟と叩いた。

「あうっ」

「あとは森場から直接聞いてちょうだい！　あいつも今日参加するんでしょう？　夕方のアポでオンタイムは無理らしいけど」

今晩はプロジェクト施策第一弾の成功を祝って、〝LUXA〟チームで打ち上げをすることになっていた。私が異動してきた七月以降みんな働き詰めで、メンバー全員揃っての飲み会はこれが初めて。先のイベントでお世話になった乙原さんら広告代理店の人たちや、イベント会社の人たちも招いているのでけっこうな大所帯になると聞いている。二階を貸し切るそうだ。

私と湯川さんも、会場である居酒屋さんまで徒歩で向かっているところだった。

「社長からポケットマネーで軍資金をたんまりもらってきたから！　今日は一銭も出さずに食べて飲みまくるわよ！」

「さすが……！」

さっき聞いたばかりの話でふわふわと浮きそうになる心を抑えつけ、いったん忘れることにする。気になることはたくさんあるけど、彼と直接話さないことには真相は何もわからないのだ。

森場くんとのことは一度脇に置いておく。このあとの飲み会を楽しむことに決めて、私は湯川さんと会場までの道を急いだ。

――ところがどっこい。私の意志に反して、飲み会では森場くんのこと尽くしだった。

「吉澤さんと森場さんがマジでデキてたとかショックだわー！」

飲み会がスタートして一時間。最初こそ各社代表の御礼と挨拶で感動的な雰囲気で始まったものの、ハイペースでアルコール類を消費するうちに場はすぐに様変わりした。二階の座敷を丸まる貸し切った空間は陽気でご機嫌な笑い声で溢れ、私の周りには酔っ払いしかいない。みんな〝無礼講《ぶれいこう》〟とばかりに突っ込んだことを尋ねてくる。

「森場とは結局その後どうなってんの？」

「土曜日のイベントでなんか言われた？　告白された？」

私は「はは……」と笑って誤魔化しながら、四方八方から飛んでくる質問をかわしていた。

「その後は……特にどうもなってないですねぇ。告白もされてないです」

むしろ告白は私からして、返事を待っているところです。……なんて言ったら、燃料を与えるようなものですね。手元の飲み物にちびちび口を付けながら〝絶対に黙っておこう〟と決意する。

私の回答では満足してもらえなかったようで、周りの興味は尽きない。隣の席に座っていた乙原さんも珍しく酔っていて、私の言葉を捉えて激しく絡んでくる。

「まじですか！　あのシチュエーションでもなお告白せず！　森場さんはとんだチキン野郎ですね！」

「乙原さん……」

土曜日のあの緊急事態でも慌てずシャンとしていた乙原さんが、へべれけに酔っている。キャラ崩壊レベルの変わりように戸惑ったものの、ちょっとおもしろいなと思った。いつものクールな乙原さんからは想像がつかない姿。

「やぁでも吉澤さん。今回はほんとにご迷惑をおかけしました。吉澤さんが冷静に指揮を執《と》ってくれていなかったらどうなっていたか……」

「いえ、私が解決したわけでは……」

「今日はじゃんじゃん飲んでください。見た感じけっこうイケる口ですよね？」

「観察眼……あ、ありがとうございます」

乙原さんは仕事の話もまじえながら、私のグラスにビールをどんどん注いでいく。彼は本当によく人のことを見ていて、確かに私はお酒が苦手ではなかった。こうなると酔っているのも演技なのかもしれない。場に合わせて陽気に振る舞う、これもひとつのマナー？

私も同じようなテンションで迎え撃つべきか迷いながら、注いでもらったビールに口をつける。料理が出てくるペースに対してお酒の空きが速すぎる。気をつけないと本当に酔ってしまいそうだ。

その後も仕事の話や世間話なんかも交えながら、だいたいは今ここにいない森場くんについて話に花が咲いていた。いつの間にか斧田さんまで席を移動してきてこちらの話に混ざっている。

「森場が〝吉澤さんと結婚したい〟って言い出した時はびっくりしたよなぁ。お前会社で何を言い出すんだよ！って」

「それ森場さんどんな顔して言ったんですか？」

「それはもう大真面目だったよ。真面目すぎて〝茶化しちゃダメだ〟と思って俺も真面目に話聞いちゃったもん。今考えたら何だそれって感じだけど！　でも結果には結びついてるんだよなぁ」

「そうなんですか。吉澤さんはどんな顔して引き受けたんです？」

「いやぁ……どうでしたっけ」

話を振られてまたしても困ってしまった。助けを求めて遠くの席の湯川さんをちらりと見ても、彼女も酔っていて別の島で盛り上がっている。ＳＯＳは届かない。

（なんだかなぁ……）

質問の答えを適当に濁すため、お酒に逃げる。グラスの中のビールをごくごく飲んで、それで質問のことは忘れてしまったような態度を取った。

最初は〝お酒の席の話だし〟と思って適当にかわしていたけど、段々辟易《へきえき》してくる。彼と直接話すまでは深く考えないようにしようと思っていた。告白の返事も、森場くんがどうして私をプロジェクトに推してくれたのかも。〝もしかしたら〟という期待と〝どうせ〟という悲観で浮き沈みを繰り返すだけだから、この宴席では忘れていようと思っていた。

それなのに周りがいろいろ言うものだから、考えずにはいられない。彼は私のことをどう思っているんだろう。みんなは森場くんが私のことを好きだという前提で話をする。こそばゆく嬉しい気持ちになってしまうけど、あまりに展開が出来すぎているから〝みんなして私を騙しているんじゃ〟という気になってくる。

(早く森場くんと話がしたいのに……)

宴会が始まってもう一時間半が経つのに、まだ彼はやってこない。

質問をかわすためにお酒を飲み続け、空になったら新たに注がれて、これでもう何杯目だったか。私が時計を気にしてぼんやりしている間に、話はまた森場くんのことで盛り上がっていた。

「いろんな意味でよく考えたよなぁ。〝夫婦を演じる〟ってシチュエーション、最高じゃん」

「ですよねぇ。男からしたら最高ですよね。好きな子が自分の嫁役をやってくれるとか……」

（……またそんなこと言って）

ふたりの会話を聞きながら私はまたグラスに口をつけて黙り込む。心が揺れる。まだ彼の口から本心を聞いていないのに、周りの言葉で変に期待したくない。考えないようにしているんだから、放っておいてくれればいいのに……。

願いは届かず、斧田さんと乙原さんのやり取りはヒートアップしていく。

「寝具界のヒットメーカー森場涼真も、所詮《しょせん》はただの男ってことですね！」

「違いねぇ！　惚れた女だけにはあいつも形無しなんだなぁ」

「…………やめてください」

「ん？　吉澤さん何か言いました？」

私の声は思った以上に小さかったようで、ふたりに届いていなかった。乙原さんは不思議そうに首を傾げ、斧田さんは酔って更に気が大きくなっていて、私に絡んでくる。

「実際のところどうなんだ、なっちゃん。〝夫婦のフリ〟とはいえ二週間あいつの家で過ごしたんだろ？　何かあったか？　ベッドもプロトタイプを一緒に使うって話だったし……」

「いや、斧田さん。そっちを掘るのはやめときましょ」

乙原さんはやはり本当には酔っていなかったらしく、話がまずい方向に向かっているのを察して斧田さんを制止する。しかし完全に酔っている斧田さんはなぜ止められているのか理解できず、行け行けどんどんで更に突っ込んでくる。

「あいつって夜はどんな感じなん？　優しい？」

尋ねられて私は——何も起きなかったことを思い出した。私たちは二週間も同じベッドで眠り、生活を共にしたけれど、一度キスしそうになった以上のことは何も起きなかった。だから私はわからない。どれだけ周りの言葉で期待を煽《あお》られても手放しでは信じきれない。森場くんも本当に私を好きでいてくれているとして、だとすればどうして、あの二週間は健全なまま終わってしまったの？

どれだけ自分にとって都合のいい話を聞かされても、彼の本心はわからない。

だってまだ疑えそうだもの。

「斧田さんダメですって！　それセクハラですからっ。御社だってコンプライアンス厳しっ……」

乙原さんが暴走する斧田さんを必死で止める声を遠くに聞きながら、段々私は煩わしくなってきた。同時に泣きたい気持ちも湧いてくる。ほんとに、どうして誰も放っておいてくれないんだろう?

(……ほんと、勝手なことばっかり言って……)

気付けば、〝ガチャン!〟と大きな音をたててグラスをテーブルの上に叩き置いていた。幸いにもグラスは割れず、中に残っていたビールが少し飛び出しただけだった。ただ周りは音に驚き、私に注目して〝しん……〟と静まり返っている。乙原さんと斧田さんも然り。

私は酔っていた。お酒は苦手ではないけど、特別強いわけではなかった。食事をろくに取らずに勧められるままに飲んでいれば酔ってしまうのは当然のこと。

私はクラクラする頭をなんとか持ち上げ、斧田さんを睨《にら》みつける。少し酔いの醒めた巨体が「ひッ……」と恐怖の声を漏らしたのを聞き、私は滔々《とうとう》としゃべりだした。

「……〝夜はどんな感じなん?〟って下世話にもほどがあるでしょ?」

「す……すんません……」

「〝実際のところどうなんだ〟とか私が知りたいですよ。〝何かあったか〟って、何もないですよ! 何もなかったから期待しきれないんでしょ⁉」

酔った私は段々熱が入って、後半はほとんど叫んでいた。

ほんとは心の中がめちゃくちゃだ。思い返せば〝好かれている〟と感じる節がなかったわけではないし、周りの話を聞いていると〝これはうまくいくのでは？〟と期待してしまう私がいた。自惚れそうな自分のことが嫌になった。――でも二週間、関係が何も進んでいないという事実を忘れてはいけない。キスされそうになった意味はいっぱい考えた。いっぱい考えたけどよくわからなかった。仕事のためだった可能性も、まだ残っていると思った。

考え出すとドツボに嵌まるから、森場くんの口から聞くまでは何も考えないようにしていたのに――それなのに、どいつもこいつも。

「わっ……私たちはっ……私たちはまだ、やましくありません‼」

吐き出すと更に泣けてきた。自分が今叫んだ通りだ。どれだけ周りに煽られても私たちはまだやましくない。やましくないことが、悲しい。何も起きてないことが悲しい。

「だからっ……勝手なこと、言わないでください……」

周囲は依然として静まり返ったまま、みんなの表情はぽかんとしている。大半はどういう話の流れで私がこうなったかわからず困惑している。

その中で乙原さんがぽつりとつぶやく。

「……〝まだ〟ってどういうこと？」

私は叫んだことでクラクラしていて、返事ができなかった。頭もろくに働かず、その場に伏せてしまいそうなのを必死で我慢する。

――ふと、静まり返っていた宴席がざわめくのを感じた。

（……なに……？）

もう目を開けているのもつらくて、周囲を確認することもできない。体の力が抜けて座ったままうしろに倒れそうになると、いつの間にか背後に背もたれが用意されていた。なんだかゴツゴツしていて、温かい背もたれだった。

安心して体をうしろに任せると、頭上から声がする。

「……誰がこんなに飲ませたんですか」

よく知っている人の声に似ている。でもこんなに怒ったような声は聞いたことがない。だから別人かな？と夢見心地に思う。

そういえば森場くんはどうしたんだろう。いつになったらここに来るんだろう。っていうか、メッセージで言ってた「週明けにふたりで話をする時間がほしい」の〝週明け〟っていつよ。〝週明け〟のいつ？　そんな大事なタイミング、ちゃんと日時を指定してくれなきゃしんどいよ。それまで私ずっと宙ぶらりんでいるのに……。

乙原さんが「ごめん」と謝っているのが聞こえた。一体何に対して謝っているのか。森場くんのことを〝とんだチキン野郎〟って言ったこと？　それはもっと真剣に謝ってほしい。

ぼんやりとそんなことを考えていたら、体がふわっと宙に浮くのを感じた。

（なにこれ……あー……あの水族館のベッドの上みたい……）

ふわふわ、ゆらゆらとして、心地がいい。ここに森場くんがいればいいのに……。

頭上から再び声がした。今度は少し困ったような、照れ臭そうな声だった。

「彼女の言った通り〝まだ〟やましくないので。……ゆっくり外堀り埋めて慎重に攻めてるところなので、そっとしておいてもらっていいですか？」

……外堀り？　それって誰の話？

眠りに落ちていく意識の中では判然としなかった。

最後に周囲が「……本気じゃんかよー！」と何やら盛り上がっているのが聞こえて、

私は〝何が？〟と不思議に思いながら、完全に意識を手放す。

――早く会いたい。

目が覚めたときに森場くんがそこにいたら、最高なんだけど。

そんなうまい話があるわけないか。

エピローグ　ふたりで迎える特別な朝

朝。雀が〝ピチチ……〟と鳴く声で目が覚めた。

薄く目を開けるとそこにあったのは見慣れた天井ではなかった。私の部屋の天井じゃない。──でも、決して見覚えがないわけではない。

（…………あれ？）

続いて敏感に働いたのは嗅覚だ。私の部屋の匂いじゃない。私の部屋であれば今使っているシャンプーとリンスの匂いが強く香るはずだけど、それとは明らかに違う匂いがしていた。優しいけど甘くはない、清潔感のある香り。それも、嗅ぎ慣れていないけれど覚えがあって、なおかつ好きな香り。

そこまでなんとなく自分が置かれた状況に見当がつきつつ、念のため隣を向いてみた。そこには森場くんの綺麗な寝顔がある。規則正しい呼吸で胸を上下させ、閉じられた瞼の先から伸びる長い睫毛がそれに合わせて少しだけ動く。

森場くんは私の体をゆるく抱きしめながら熟睡していた。

「……えぇっと……」

目覚めてから束の間、私は混乱した。自分が森場くんの家にいるということはわかった。

これは夢？　それとも、今までの記憶が夢？　もしかして私はまだあの二週間の途中にいて、どういうわけかその後の日々の長い夢を見ていたとか……。

（……いや、違うな）

ズキズキと頭が痛み、自分が前の晩にかなり酔っぱらっていたことを思い出した。これは二日酔い特有の痛みだ。昨晩は確か〝ＬＵＸＡ〟チームでの打ち上げだったはず。痛む頭を押さえながら記憶を引っ張り出すと、酔った斧田さんと乙原さんに絡まれたような気がする。

覚えている限り、あの場に森場くんはいなかった。前のアポが長引いていたのかなかなか打ち上げに現れなくて、私はずっと時計を気にしていた。――それなのにどうして私は彼とここにいるんだろう。どうやってここまでやってきたのか、さっぱり記憶がない。

すぐにでも森場くんに確認したかったけど、当の彼が心底幸せそうに眠っているから起こすのが申し訳ない。私は彼に尋ねるのを諦め、起こさないように注意しながら自分をやんわり包んでいる彼の手を動かし、ベッドの上で起き上がった。

そして気付いた。自分の格好がおかしいことに。

昨日着ていたニットもスカートもタイツもない。私が今着ているのは、見るからにサイズが合っていない大きなパジャマ。おそらくメンズ。たぶん森場くんのやつ。しかも上だけ。

なんで私こんな格好に？

（…………まさか！）

バッ！　と勢いよく隣の彼を見る。すやすや眠っている彼の上から掛布団をそーっとまくり上げる。裸だ。勇気を出してもう少しまくってみると、下は穿いていた。上半身のみ裸。これいかに……！

（えっ……どっち？　もしかしてやっちゃった……⁉）

必死で思い出そうとするも本当に何も覚えていない。一体どうなんだろう！　頭痛を除けば体はいたっていつも通りで、それらしき痛みはないような気がする。でも現に私は森場くんのパジャマを着ているわけだし……。っていうかこのシャツ、さほど丈も長くないし普通にパンツ見えちゃうんですけど……。

私の元着ていた服はどこにあるんだろう。きょろきょろ辺りを見回すも、それらしいものはどこにも見当たらない。

「ん……」

「えっ！」

「あ……起きたんだ……？」

森場くんが横になったまま伸びをして、欠伸を噛み殺し「おはよ」と挨拶をする。

私は慌てて掛布団で下半身を隠しながら「おはよう」と挨拶を返す。

彼の態度からは読めない。一体どっち⁉　やったのやってないの⁉

「……なーんか何考えてるか想像つくから先に言うけど、やってないから」

「へっ……⁉」

「なっちゃん顔に出すぎ。そんなん、俺やってないのに疑われ損じゃん」

「や……で、でもっ……服！　どうしてっ……」

森場くんは珍しく〝ケッ〟という表情で拗ねている。ベッドに寝そべったまま頬杖をつき、私に事の次第を説明した。

「昨日自分が泥酔してたの覚えてる？　ひとりじゃろくに歩くこともできなさそうな状態だったから俺がここまで運んできたんだよ」

「うわぁ……」

「挙句の果てに家についた瞬間リバース。そのまま寝かせるわけにもいかなかったから濡れタオルで拭いて俺の寝間着を着せました。以上」

「うわぁ……！」

昨晩の自分があまりに酷くて卒倒しそうになった。穴があったら入りたい。

「ごっ……ごめんなさい！　とんだ迷惑をっ……そんな片付けまでさせてごめん！」

森場くんの反応は冷たかった。頬杖の上に乗っている顔はしらけた目で私のことを見ていて、そうかと思えば、彼は背を向けて二度寝をする姿勢に入った。

背中からは突き放すような声が聞こえてくる。

「ほんとに幻滅した。こんなに手のかかる女だとは思わなかった」

「っ……！」

なんてことだ。次に顔を合わせる時は告白の返事を聞く時だと思っていたのに全然それどころではなくなってしまった。両想いどころか関係後退の危機！　それだけの迷惑をかけたのに記憶にないことも申し訳なかった。そっぽを向く森場くんの背中に、私は正座で泣きついて謝る。

「ごっ、ごめん！　ほんとにごめん！　殺してくださいっ……！」

どうして、よりにもよって一番自分を良く見せたい相手に醜態《しゅうたい》を晒してしまったのか。泣きたいやら消えたいやらでとにかく必死で謝っていると、背中の向こう側から「ぷくっ……」と抑えきれないような笑い声が漏れてきた。

「……森場くん？」

「や……んんっ……」

彼は咳払いをして誤魔化し、体を起こして私の正面で胡坐《あぐら》をかいて座っていた。急な接近に私の体は強張る。森場くんはそれを〝ふっ〟と笑って、私の体から緊張を取り除くよう優しく頬に触れながら、それでもなお厳しい顔をつくって言う。

「ほんとに悪いと思ってる？」

「もちろん。思ってる」

「償うためなら何でもする？」

「……何でもする」

「じゃあ――」

どこに誘導されているんだろう。何か意図があることに気付きつつ、私は彼の誘導に乗った。

森場くんが私の目を真っ直ぐ見ている。

「俺と同じベッドで眠って」

「……え？」

「何かあった風を装った会話じゃなくて。本当に一晩しっかり俺に抱かれて、次の日の朝に恥ずかしそうに「おはよう」って言って。そしたら全部許す」

「……それは、つまり」

「……俺のものになってください」

ふたりの間には数秒の間、沈黙が流れた。言われたことを私が咀嚼《そしゃく》して理解する時間。森場くんが、私の返事を待って、恥ずかしいのに耐えている時間。

彼の瞳に茶化す雰囲気は一切なかった。

（……ほんとに言ってるの？）

夢じゃなくて？

森場くんが真剣に私のことを求めているこの状況が信じられず、言葉が出てこない。

驚いてフリーズしている私に、森場くんは耐えかねたようにぽつりと零した。

「やましい関係になろうよ」

照れ臭そうに冗談めいたことを言うので、私もやっと言葉が出てくる。

「……どんな誘い文句ですか」

「いや……情けなかったなと思って。女性の口から〝まだやましくありません！〟なんて言わせてしまったことが」

「……あっ！　えっ……」

そのフレーズにはどこか覚えがあり、〝あ、私が言ったやつか〟と思い出すと同時に、記憶が芋づる式に掘り起こされる。昨晩私が晒したもうひとつの醜態。みんなのぽかんとした表情。恐れおののく斧田さん。不思議そうにしていた乙原さん。

（私っ……なんてことを！）

やっとのこと宴会の記憶を思い出し、口を半開きにして茹でダコのごとくのぼせあがっていく私をよそに、森場くんが申し訳なさそうに言う。

「けっこうヤキモキさせてたのかなって、反省した。ごめん」

「……や」

「水族館イベントの時もさ。ほんとは俺から告白しようって、思ってたんだ。でもなっちゃん、先に〝好き〟って言ってくるんだもんなぁ……」

「う……あ……」

「もう……正直可愛すぎて〝勘弁してー！〟って感じだった。すぐに襲い掛かりたかったのに仕事先とかさぁ……」

頭の中が追いつかない。ぐるぐる回る思考は、さながら大水槽の中のベイト・ボール。ギラギラ輝く銀色のマイワシの大群のことを頭の片隅に思い浮かべながら、私は考える。

自分は早まったんだろうか。あと少し我慢すれば森場くんのほうから告白されていた？　いや、でもあの時は、想いが溢れたあの時に伝えたかった。

森場くんは〝すぐに襲い掛かりたかった〟と言った。そういう欲求を、私に対して持っている？　彼は小型のサメのように、そんな私の思考を丸呑みにしてしまう。

「俺も、なっちゃんのことが好きです」

「……え……や……」

「好き。超好き。死ぬほど好き。食べたいくらい好き」

「待って待って待って！　止めて！」

私は慌てて目前の彼の口を両手でふさいだ。真剣な瞳で熱烈な告白を浴びせられてもキャパオーバーだ。こんなことを水族館で言われていたら、私はあのベッドの上で死んでいた。

もっと聞いていたいけれど、これ以上は心臓がもたない。

口をふさいで言葉を封じる私の手のひらに、彼はチュッと口づけてくる。私はビクッとして反射的に手を引っ込めた。

森場くんは困ったような顔をしている。

「……なんて言えば伝わるんだろうな。先に告白されちゃったけど、〝俺も〟って言うだけじゃ足りないし。……うーん」

しばらく彼は思案していた。私はドキドキしながら待っていた。

私としては、彼が〝俺も好き〟と気持ちを返してくれただけで、もう万々歳だった。〝こんなに幸せなことってあっていいんだろうか〟と不安になるくらい、充分すぎる幸せに包まれていた。

けれど森場くんは〝まだ足りない〟と言って、言葉を尽くそうとする。自分の中で考えがまとまったらしい彼は顔を上げ、またまっすぐに私を見る。

「……吉澤奈都さん」

「……はい」

あらたまった呼びかけに、私はその場で背筋を伸ばした。

「ずっと俺のものにしたいと思ってた。仕事だった手前一線を超えることはできなかったけど。あの二週間はもちろん、その後も……その前だって。昔からずっと、なっちゃんのことが好きでした。……だから水族館で言いたかったことの続きは、こう」

額を突き合わせると彼の顔の綺麗さが際立つ。

「どれだけけんかしてても、機嫌が悪くても、毎日同じベッドで寝たい。体温を分け合って、目線を合わせて、いつだってちゃんと話し合えるような……〝そんな夫婦になりたい〟って、言いたかった。……俺のお嫁さんになってほしい」

そう言って彼は、くっつけていた額を離して私の左手を握る。かつて二週間だけ結婚指輪が嵌まっていた薬指に口づけながら、切実な目で私を射貫《いぬ》いた。

「俺はきみがいないともう眠れない」

——きゅうっ、と胸の奥が切なく絞られる。いつも自信に溢れている森場くんの弱った表情に母性をくすぐられ、この上ないときめきを覚えた。それは〝私でいいのかな〟なんていう自信のなさを綺麗に拭い去ってくれる、魔法のプロポーズ。

森場くんから静かな声で「……返事は？」と問いかけられて、私は慌てて頭を下げ、彼の言葉に応えた。

「……不束ものですが……どうぞ、よろしくお願いしま——」

言い終わるよりも先に強引に唇を奪われる。

「ふッ……んんッ……！」

彼の唇は燃えるように熱かった。頬を両手で挟まれて上を向かされたまま、角度を変えて何度も啄《ついば》むキス。上唇と下唇を順に食《は》まれ、さんざん唇を味わわれたあと、口の中も舐められた。

最初のキスにしては濃厚で、息苦しいほどの激しさ。

やっと少し私を解放した森場くんは、濡れた自分の唇をぺろっと舐めて笑った。枷《かせ》をはずされた猛獣のように激しい瞳で、私のことを見る。

「もう我慢は一切ナシだ」

「え」

そのままベッドの上に勢いよく押し倒された。

——その朝のプロジェクトルームには、始業時刻のギリギリに出社してきたご機嫌な森場くんと、真っ赤になって口を閉ざす私の姿があった。

特別書き下ろし番外編

彼が考えた最強の新作ベッド

　飲み会の翌朝にプロポーズされてから一年後。結婚式を経て吉澤奈都から〝森場奈都〟に名前が変わった私は、引き続きロクハラ寝具に勤めていた。

「なっちゃ～ん」

　呼ばれて振り返ると、書類やカタログの山に囲まれ、身動きが取れず困りきった顔をしている湯川さんの姿。私は自分のデスクを片付ける手を止め、立ち上がって彼女に近寄る。

「どうしたんですか、湯川さん」

「助けて……私にはもう無理……」

「ギブアップが早すぎます。もうちょっと頑張りましょうよ」

「なっちゃんが厳しい……！」

　会社で〝なっちゃん〟と呼ばれることは、結婚してからありがたいと思うようになった。下の名前から付けられたあだ名は私が〝森場〟になろうと変わることがない。

気恥ずかしくならなくて済むから、ありがたい。

私にヘルプを突っぱねられ、湯川さんは口先を曲げてぶーたれる。

「どうしてここまで溜め込んでしまったのか自分でも不思議だわ……デスクの上が汚いのが嫌だから、とりあえず引き出しやキャビネットの中に詰め込みがちなのよね……」

「典型的な片付けできない人の特徴ですね」

「……なっちゃん、ほんとに厳しい。もっと優しくして～……」

「そんなこと言ったって、湯川さんのペースじゃ終わらないですもん……」

そう言いながらため息をつき、私はプロジェクトルームの中を見回した。部屋の中ではチームのメンバーが各々、自分のデスクの中を空っぽにし、中央の会議机に中身を広げて要るものと要らないものを仕分けしている。

こういう光景では人の性格がよく出る。几帳面で普段から整理整頓ができている人。横着で常にデスクの上が散らかっている人。――そして、一見綺麗好きに見えるのに、実はデスクの中がぐちゃぐちゃな人だ。

みんなそろそろ片付けも終盤だというのに、湯川さんだけ〝本当に終わるんだろうか……〟と心配になる進度。広報部の魔女の周辺には、製品の仕様書からインタビュー掲載雑誌に新聞。そしてリリースの初校やら再校やらが山積みになっている。

「みんなはここが出張所みたいな感じだったからまだいいじゃない。私なんてここがほぼメインだったから、今更〝動け〟とか言われても～」

「私だってここがメインでしたよ」

「なっちゃんはさぁ……違うじゃない……」

「なにが違うんです？」

「お片付けができる人じゃない……」

「普通ですってば。ほら手を動かして！」

なぜ今、ここまで嫌がる湯川さんのお尻を叩きながらデスクの中を整理しているかというと、今日中に荷物をまとめなければいけないから。

プロジェクトは〝新製品企画に社長の承認が下りてから、発売の約一年後まで〟と期間が決まっている。一年も様子を見れば追加投資すべきかの判断は可能だし、調子がよければあとは他の製品同様、営業とマーケティング部に任せて問題ない……という、社長の考え。

〝LUXA〟チームは本日までで解散。プロジェクトルームは、元々部屋に備え付けられていた机やコピー機だけを残して空っぽにしなければいけない。

「資料とかさぁ……だいたいは電子データがあるんだし、捨てればいいんだけど。なまじ思い入れがあるだけに捨てにくいのよねぇ」

「それは……わかります。一つひとつに思い出もありますしね……」

〝LUXA〟はこの一年で〝Jシリーズ〟を上回る売れ行きを見せ、業界内でも注目のバケモノ級商品へと地位を高めていた。著名人をイメージキャラクターに起用するでもなくここまでヒットしたことは、寝具業界のみならず、メーカーの広告宣伝部や広告業界からも注目を浴びている。

プロモーション施策を手掛けた乙原さんも時の人となり、今やナショナルブランドからも引き合いがあって大忙しなんだそうだ（その割に、私の夫は彼とよく飲んで帰ってくる）。

そんな大成功を収めた〝LUXA〟に携わった時間は、私の社会人生活の中でもとりわけキラキラと輝いている。元から決まっていたこととはいえ、チームが解散してしまうのは寂しかった。

湯川さんは手近にあった資料をぺらぺらまくって中身を確認し、迷った末に〝機密事項（※焼却処理）〟と書かれた紙の貼られた段ボールの中へ。そうやっていくつかの書類を分別したあと、またしても飽きてしまったのか、私に話しかけてくる。

「なっちゃんてさ～」

「はい？」

私も私で、まだまだ片付けなければいけない荷物が残っていた。引っ越し用の段ボールにどう詰め込むかを考えながら、湯川さんの声に耳を傾ける。

「商品企画部に戻るんじゃなくて、営業部に戻るんだっけ」

「そうです」

「やっぱり夫婦で同じ部署っていうのはＯＫ出なかったか～。まあ、前例がないもんね……森場はその辺交渉するんじゃないかなーと思ってたけど……」

「ははは……」

私の口からは乾いた笑い声が漏れた。

実のところ、森場くんは今回も大河内部長に言うだけ言ってみたのだそうだ。〝吉澤をこのまま商品企画部に残せませんか〟と。そして却下されたらしい。〝事前になんの約束もしてなかったからダメ！〟と。

その話をあとから聞かされて、私は恥ずかしくてたまらなかった。事前に聞かされていたなら必ず彼を止めていた。森場くんは、私が商品開発部での仕事を続けたがっているのを察して気を回してくれたんだろうけど……普通に恥ずかしいから！　〝嫁と同じ部署でいたいです〟って言う夫なんて！　あとで私から〝聞かなかったことにしてください〟とお願いしに行った。

大河内部長には、

「森場となっちゃんの掛け合いももう見られなくなるのねぇ」

そう言いながら湯川さんがデスクに置いてあった出張土産のクッキーに手を伸ばすので、「休憩早いですよ」とたしなめる。すると彼女は私を懐柔するために一枚クッキーの袋を手渡してきて、そうされると御礼を言わざるをえず、私は簡単に懐柔されて「ありがとうございます」と。

あまり片付いていないゴチャゴチャとした一角で、湯川さんと一緒にクッキーで小休憩をとることになった。

「紅茶でも淹れる？」

「淹れませんよ。このペースじゃ夜になっても終わりません……」

「そういえば旦那はどうしたの？　片付けで珍しくみんなが集まってるっていうのに、さっきから姿が見えないけど」

私の小言を綺麗にスルーして、湯川さんが首を傾げる。これはあんまりせっついても逆効果なんだろうか。

広報部の魔女に言うことを聞いてもらうのは、私にはまだ早かったかも……。

諦めてクッキーを齧り、質問に答える。

「一時間ほど前に社長秘書さんに攫《さら》われていきました」

「ありゃ。社長はほんとに森場が好きね」

「大好きですよね……。結婚式でも〝私にスピーチをさせてくれ〟と仰ったくらいですし」

「そのせいで誰を式に呼ぶかが一気に難しくなったんだっけ？　大変だったね～」

他人事だと思って湯川さんはケラケラ笑うが、本当に大変だったのだ。最初は管理職は直属の上司と、私が営業でお世話になっていた大河内部長に出席いただけたらいいと思っていたのに、社内政治に前のめりな役員からも「きみたち結婚するんだって？　式はいつだね」と遠回しなアピールがあった。

最終的に一社員の結婚式にしては錚々《そうそう》たる顔ぶれとなり、列席者の人数も増えた。

〝自分たちが主役になる〟というだけでもう緊張するのに、輪をかけて緊張することになった一日。――それも、私の隣で終始ご機嫌に笑っている森場くんの横顔を見ているうちに、何事もなく終わったのだけれど。

「でもうまくいけば、社長が〝会社は森場に譲る！〟とか言い出すんじゃない？　……そうなれば社長夫人じゃないの！　やだ！　なっちゃんがセレブ……！」

「ないですないです」

湯川さんの妄想を手で払って掻き消す。ないない。

もしかしたら社長のほうは、そんなことを万に一つも考えているかもしれない。結婚式のスピーチの件以外でも、社長が彼を息子のように可愛がっていることは見て取れる。

ただ、当の森場くんは会社の経営に一ミリも興味がない。彼はモノづくりの人だから、〝一生現場でいいよ〟と平気で言いそうだ。――そういう彼が好きだと、私も思う。

「そうかなぁ。私は、まあまあ可能性のありそうな話だと思うけど……」

「ないですよ」

「なっちゃんが言うなら、そうなのかしらねぇ。まあ何にせよ……とっととふたりが結婚してよかったわ。あのままフリーだったら森場、社長の娘さんとお見合いさせられてただろうし」

「えっ！」

「あれ？　本人から聞いてない？」

「聞いてません！　えっ……ほんとですか？」

急に寝耳に水な話題が飛んできて、私はつい前のめりになる。これも片付けを中断するための湯川さんの作戦かもしれないと勘付きながら、見事に釣られてしまった私は引くこともできず。

湯川さんは〝かかった〟とばかりにニヤッと笑って、楽しそうに話す。

「ほんとほんと！　なっちゃんがここにくるちょっと前から、社長に〝娘と三人で食事でもどうだ〟って誘われ始めてね。毎回〝仕事が忙しいので今は無理ですー！〟って逃げ回る森場が面白くて面白くて……」

「えぇっ……」

「何度か口裏合わせに付き合わせられたものよ」

湯川さんの話を聞いて合点がいった。やたらと社長が私を値踏みする目で見てくると思ったら……。自分の娘をさしおいても彼と結婚するに値する女だったのかと、そういう目で見られていたらしい。

「ちっ、ちなみに……社長の娘さんって」

「すごいよ〜。お茶もお華もピアノもバレエも一通りできて、頭がいいんだって。おまけにめちゃくちゃ美人で、有名国立大のミスキャンパス」

「おまけがデカい……！」

自分の知らないところでそんなハイスペック社長令嬢がライバルだったと知って
ゾッとした。まともにやり合って勝てる相手じゃない……！

それに結婚したからといって安心していいものか。社長のあの入れ込み具合から考えて、諦めていない可能性もある。数年くらいは私たちが別れないか様子を見ているつもりなんじゃ……。森場くんも、そんな女性がずっと控えているなら、いつかはなびいてしまうときが来たりして……。

「大丈夫よ」

私の不安を見抜いたかのように、湯川さんはカラッと笑う。

「森場が出世や財産や女のスペックに惹かれるような男だったら、彼はとっくにその社長令嬢とくっついてるわ。全然そんなことなくて〝ノーサンキュー〟って態度だったから、みんな〝これで食指が動かない森場って大丈夫か……？〟って心配してたくらい」

「そうですか……？」

それは……私にとってみれば幸運だけど、確かに〝大丈夫か……？〟って感じだ。

聞く限りその社長令嬢にはマイナスな点がない。いつぞやの私みたいに、〝好きな人の家に行ってリバースする〟なんて醜態を晒すこともないんだろう。

ちょっとハイスペックすぎて私は気後れしてしまうけど、森場くんならそんなこともなく、お似合いなふたりになっていたんじゃないか。

考えれば考えるほど、彼に断る理由はなかったように思う。

「傍から見てる限りは超美味しい話だったし、チームのメンバーはみんな〝一度くらい会ってきなよ！〟って森場に勧めてたんだけど……なっちゃんが来てからは、誰も言わなくなったわね。どういうわけか」

「……そうでしたか」

あ、ダメだこれ。

私が恥ずかしい話かもしれない。

「ほんとに。なっちゃんが来る前と後のあいつの違いを見せてあげたいくらい。〝どんだけ草食なんだよ！〟って呆れてたら、急に雄《おす》の顔を見せ始めるんだもん！　初恋の女って罪よね～」

「雄の顔って……」

やっぱり恥ずかしい話だった。

話の中に自分が登場するとどうも居心地が悪い。とっくに食べ終えているクッキーの袋をくしゃっと手の中に握り、背筋を伸ばして居《い》ずまいを正す。どんな顔をしていいのかわからなくなる。

最初の頃は、彼の私に対する好意を人の口から聞いてもうまく信じられなかった。あまりに私にとって都合がいいから嘘だと思っていた。〝そんな都合のいいことあるはずない〟と。——それも最近は、彼が日頃から言葉や態度で想いを伝えてきてくれるお陰で、すんなり信じられるようになってきた気がする。

（〝自信がついてきた〟と言えば聞こえがいいけど、自惚れてきてるのかな……）

そうだったら嫌だな。この塩梅が難しい。

調子に乗らないように自分自身を戒め、気持ちを切り替えようと声を出す。

「……よし！」

「お？」

「雑談はこの辺にして、湯川さん。そろそろ本気で片付けましょ」

「え～！　もう少し楽しい話しようよ～！」

「ダメですよ。ほら！　私たちだけですよこんなに終わってないの！」

言葉通り、他の人はみんな粗方の整理を終え、移動先に持っていく荷物を段ボールの中に詰め終えていた。周囲がとっ散らかっているのは湯川さんと私だけだ。

湯川さんはこの期《ご》に及んで、手を動かすことを渋っている。

「やんなきゃダメかなほんとに……」

「やんなきゃダメです。今日中に空っぽにすることになってるんですから……私のところが終わったら手伝いますから」

「う～ん……」

　手伝うと言っているのにまだ渋る。

（そこまで片付けが嫌いなのか……）

湯川さんの意外な一面に私が驚いていた――その時。

〝バンッ！〟と大きな音をたてて扉が開いた。

「えっ……」

驚いて部屋の入口に目を向ける。入ってきたのは森場くん。

ここまで走ってきたのか肩で息をしていて、第一声がなかなか出てこない様子。

（な……なに……？）

斧田さんが歩み寄って背中をさすった。

「だっ……大丈夫か、森場。落ち着け……」

「あっ、すみませ……あの……はぁっ。…………あの……片付け、いったん、ストップで……！」

「……はぁ？　もうだいたい終わったんだが……」

そのやり取りを聞いて、私はとっさに湯川さんの顔を見た。今日も抜群に美しい魔女が、私を見てにやりと笑う。

（………え？）

私は思わずきょとんとした。

森場くんは一度呼吸を落ち着けてから、こう続ける。

「──新規プロジェクトがっ！　明日から立ち上がることになって……メンバーは全員このまま続投になったので！　引っ越しはナシで！」

一拍遅れて「えぇっ⁉」とどよめくチームの面々。

「もう荷物まとめちゃったよ！」

「もっと早く言ってくれよー！　なんだよそれぇー！」

なぜか森場くんに非難が集中するなか、ひとり、清々した顔で伸びをして「さぁ～て荷物を引き出しに戻そ～！」と嬉しそうに漏らす湯川さんがいる。

私は唖然として、しかし突っ込まないわけもいかず、口を動かした。

「…………さては知ってましたね？」

「ん～何が？」

「引っ越しがなくなるって知ってたなら教えてくれればいいのに。人が悪い……」

「私とおしゃべりしてたお陰で、なっちゃんはあんまり進んでなかったでしょう?」

「……あ」

「私、無駄なことするのは嫌いなのよ。……まあ! なっちゃんが営業に戻らずプロジェクト続投だったってことも、私はぜぇ～んぜん知らなかったですけど～」

「嘘ばっかり……」

広報部の魔女は、やっぱり私なんかじゃ手に負えない。

敗北感に打ちひしがれてふと森場くんのほうを見ると、みんなに怒られながら自分の荷解きをしている彼と目が合った。

彼は優しく目を細め、口パクで私に「よろしく」と。

――直後に、「会社でラブラブすんな!」と斧田さんに頭を叩かれていた。

その晩の我が家のリラックスタイム。まだ慣れない新居の寝室に入っているのは、奮発して購入した自社製品〝LUXA〟のダブルベッド。

「正直ね、これを超えるベッドはもうないと思うの」

私は自分の定位置で、発案者に向かって意見する。これはユーザーとしての純粋な意見。元々〝Jシリーズ〟を愛用していた私をも唸らせた〝LUXA〟は、もうこれ以上どこも向上させられる余地がないほど、完成していると思う。高級ベッドの最終形態。

「それは開発に携わった者としてこの上ない褒め言葉だなぁ。……とか言って、きみもその開発メンバーのひとりなわけですが」

彼は隣で頬杖をついて寝そべりながら、おかしそうに笑って私に布団をかけ直した。こうしてベッドの中で何気ない会話をしながら、彼の瞼が段々重くなって落ちていくのを見るのが好きだ。たまらなく癒される。

しかし今日はまだ眠くないのか、森場くんは饒舌なまま。

「それに……〝Jシリーズ〟が出たときもそんな風に言われてたんだよ。〝こんなものを発売してしまったらもうできることがなくなる！〟って」

「誰が言ったの？」

「社長」

「……社長かぁ」

お昼に湯川さんから聞いた社長令嬢の話を思い出し、私は微妙な気持ちになる。彼さえその気になれば手の届く範囲にいた女性のことが、気になって仕方がない。結婚した今になって気にしたところで、どうしようもないとわかっているけれど……。

「どうかした？」

浮かない気持ちが顔に出てしまっていたのか、気付けば森場くんの顔が間近にあった。私はわざとらしくないように気をつけて、やんわりと笑顔を返す。

「ううん、なんでも」

「そう？」

「うん。そう」

尋ねてきた彼の瞼が少し下がっている。どうやら眠くなってきたみたい。

子どもみたいに眠気に弱いところが可愛くて、私は目前にいる彼の頭に触れた。髪や耳を優しく撫でつけていく。繰り返し。何度も何度も。彼の柔らかな髪はとても触り心地がいい。

人の手で撫でられていると心地いいのか、彼はうっとりと目を閉じた。このまま眠ってしまうならそれもいいと思い、入眠を妨げないように黙って頭を撫で続ける。

次第に穏やかな寝息だけが聞こえるようになり、〝もう寝たかなー〟と彼の顔を見つめていると……薄く目が開いた。頭を撫でていた左手を掴まれる。

「えっ……」

森場くんは掴んだ私の左手に指を絡めて握ると、自分の口元まで運んでそっと口づけた。

「……やっぱり〝疑似〟と〝本物〟じゃ違うなぁ……」

彼が口づけたのは、結婚指輪が嵌まっている左手の薬指。

唇の感触がくすぐったくて照れ臭い。私は手を引っ込めたいのを我慢して、彼にされるがままでいる。

森場くんは再び目を閉じて薬指に口づけ、噛みしめるように話をした。

「毎日毎日……ここに指輪が嵌まってるのを飽きずに確認してる。会社で見るとニヤけそうになるんだ。なんていうか……この指輪が、四六時中〝俺のモノですよ！〟って代わりに主張してくれてる感じがして」

「……うん」

——ほら。

こうやって恥ずかしいほど愛情や独占欲を伝えてきてくれるから、最近の私は〝自信がついてきた〟を超えて少し〝自惚れ〟ている。独り占めされるのが、こんなにも気持ちいいことだとは知らなかった。

相手が指輪を嵌めているのを見て、ニヤけそうになるのは彼だけじゃない。私だってそう。会社でバリバリ仕事をしている森場くんを見て、ふと、その指に自分とお揃いの結婚指輪が嵌まっているのを目にする瞬間。私は〝この人が私の夫か——！〟と人知れず興奮する。人目がなければ膝から崩れ落ちそうなレベルで。

（さすがにそれを伝えるのは恥ずかしいなぁ……）

彼が伝えてくれるみたいに、私も素直な気持ちを伝えたいんだけど。もう少し段階を踏んでいきたいというか……。

何をどう伝えようか考えていたら、〝これは言ってもいいんじゃない？〟と思い出した。さっきはついはぐらかしてしまったけど。

「……私も、ね……」

「……うん？」

森場くんは私の手を握ったまま目を閉じている。反応はあったものの、こうなると寝落ちが近い。〝途中で眠ってしまって、聞いてなくても別にいいや〟と、半分ギャンブルのつもりで私は打ち明けた。

「森場くんが……〝社長の娘さんとお見合いすることになってたかもしれない〟って

知って」

「……んん……」

「なんだか私……居ても立ってもいられない気持ちに……」

「……」

「……そんな気はしてたけど、ほんとに寝たね？」

目の前には完全に寝落ちしているあどけない寝顔。ギャンブルだったからこそ打ち明けようと思えたものの、本当に眠られてしまうと気が抜ける。こうなってみると最後まで聞いてほしかった気さえしてくる。

（……もおおおおお！）

もどかしい気持ちを消化しようと心の中で叫び、撫でていた森場くんの頭を自分の胸元に抱き寄せた。同じシャンプーを使っているはずなのに、彼の髪は格段にいい匂いがする。やるせないので存分に嗅ぐことにした。

「んんー……」

——甘く胸を満たす幸せな匂い。嗅いでいると心がほぐれて、彼が聞いてなくてもいいから吐露したくなる。一緒に仕事をしている間にもどんどん好きになった。結婚してからは、更にもっと好きになり続けている。ほんとは胸にとどめておけないほど。

「……もし同じチームで仕事することにならなかったら、私たちはまともに話もしないまま、森場くんはその人と結婚してたかもしれないんだよね……」

「……」

「そう思ったら、嫌だなぁって。………ものすごく嫌だなぁって」

返事はなかった。返ってくるのは、規則正しく静かな寝息だけ。

綺麗な寝顔には子どもの頃の面影があって、私を更に切ない気持ちにさせた。

——他の人にとられなくてよかった。〝すっかり遠い人になってしまった〟と指を咥《くわ》えて見ていた頃の自分が今ではもう信じられない。それくらい彼は、私の人生に欠かせない人になった。

「大河内部長に掛け合ってくれたっていうのも……誰の話を聞いても、森場くん、そんなわがまま言うようなタイプじゃないのに……。〝私のためにらしくないことしてくれたんだ〟って、ちょっと……かなり？ ……嬉しかったんだ」

彼が私をこのプロジェクトに呼び寄せてくれたお陰で、今のこの幸せがある。

でも大河内部長との約束では、〝社長賞を獲ること〟が条件だったらしいから……それを考えると、つまりは。

「……森場くんがまっすぐに仕事を頑張ってきたお陰で、今こうしてられるってことなんだよね……──ふぁっ⁉」

急に〝べろっ〟と胸の谷間を舐められた。

突然の生々しい感触に変な声をあげてしまい、慌てて自分の口をふさいだ私は胸元の彼を見る。

森場くんは起きていた。私のパジャマの衿の間から胸の谷間を舐めた彼は、少し居たたまれなさそうに頬を赤くして、口を変な形に結んでいる。

私はベッドの上で彼から距離を取ろうとしながら喚いた。

「たっ……たぬき寝入りは卑怯……！」

「眠ってる相手に言うほうがよっぽど卑怯だろ。……そんな可愛いこと」

「っあ……ん……」

彼の肩を押し離そうとしていた手は、手首を優しく握られて捕まった。森場くんは私の胸元から離れてくれず、そこに何度も唇を寄せてくる。官能的か、そうでないか。そのすれすれの場所に口づけてくるあたりが凄く官能的な気がした。

体温が上がり、段々と胸の谷間に汗をかいてきているのがわかる。森場くんは執拗に同じ場所に口づけながら、言う。熱っぽい声で。

「はぁっ……社長の娘さんのこと、湯川さんから聞いたのか知らないけど……嫉妬したってこと？　その人に。……俺をとられてたらって思うと嫌だって？」

黙っていても、体が勝手に返事をしてしまっているような気がして恥ずかしかった。まだ性感帯には触れられていないのに、彼の熱い吐息が胸にかかり、興奮に濡れている瞳を見ていると、体が弛緩して「そうです！」と自供しているような……。

早くボタンをはずして、いつもみたいに、敏感なところをもっと可愛がってほしい。

私がそう願っても、与えられるのは谷間への湿っぽいキスと、照れ臭そうな言葉だけ。

「感謝の言葉とかもさぁ……ダメだって。俺そういうの弱いんだよ……。ほんとは寝たフリで全部聞いてようと思ってたのにさ。……無理だって、そんな可愛いこと言われたらっ……」

「っ……森場くんっ……！」

「奈都。名前で」

たまらずぎゅっと、さっきよりも強く自分の胸に抱きしめると、ギラつく目が私のことを上目遣いで見た。

（あ……）

いつの間に彼は、こんなに激しい目をしていたのか。

ふと湯川さんの言葉が頭によぎる。――――雄の顔。

私が見惚れている間に、森場くんは私のパジャマの前ボタンに手をかけていた。私は期待で息を詰まらせながらその激しい瞳を見つめ、彼の名前を呼ぶ。

「……涼真くん」

「……うん、そう。……激しめになって余裕なくなっても、そのままでお願いします」

そんなに激しくするんだぁ、と、想像してしまうともうダメだった。彼の顔を見ていられずに目を伏せて、パジャマを脱がせていく彼の手の動きに身を委ねる。

自分ひとりだけあられもない姿にされていくのが、いつもどうしようもなく恥ずかしい。彼が自分と私の服を交互に脱がせてくれれば解決するのだけど、それはスマートではないし。かといって、〝自分で脱いで〟と言われてもそれはそれで恥ずかしいし……。

そんなことを考えていた時、私のズボンを脚から抜き取りながら、彼が言った。

「……さっきの話に戻るけど」

「え……？」

「奈都、〝これを超えるベッドはもうないと思う〟って言っただろ」

「うん……？」

真面目なトーンの声に、私はどんな顔でパジャマを脱がされていればいいのか困惑する。

「どれだけ頑張って史上最高を目指しても、〝これを超えるベッドはもうない〟なんて状況、あり得ないんだよ。技術は進化するし、世の中のニーズは変わる。人によっても求めるものは違うから、〝最もいいベッド〟は常に変わっていくと思う」

「……なるほど」

彼は器用なもので、しゃべりながら手は着々と私を丸裸にしていった。

こういうタイミングでどうして仕事の話を持ち出したのかはわからないけど、彼らしいから、嫌いじゃない。いつだって頭の隅でベッドのことを考えているような、ちょっと仕事バカなところも大好きだ。——なんて思っていたら、彼が急にバツの悪そうな顔をするので。

「……とか言いつつ、次に作るのは普通のベッドじゃないんだけどさ」

「そうなの？」

それは私も気になっていた。

メンバー構成はそのままに、〝ＬＵＸＡ〟のプロジェクトルームだけが新規プロジェクトの名前を冠する部屋に生まれ変わる。今日、森場くんの口から発表された新しいプロジェクトの名前は〝CRAD《クレード》〟。

みんなその名前にピンときておらず、首を傾げて「一体どんなベッドなの？」と彼に尋ねていた。森場くんは「明日の朝イチの経営会議で承認が下りるので、また明日ちゃんと説明しますね！」と言ってその場での説明を避けた。

もしかして、今夜私に先に教えてくれたりするんだろうか。

ドキドキ期待して待っていると、彼はこのタイミングで胸へのキスを再開した。自分のパジャマの上下を性急な手つきで脱ぎながら、さっきよりも際どい場所に口づけを落としてくる。

「え……？　あ……ちょっ、と……待って待って！　気になって集中できないから教えて！　何を作るの？」

私のこの反応も女としてどうなんだろう……と思ったものの、仕方がない。夫婦は似るものだ。夫の仕事バカが移ったのだとしたらそれは自然なこと。

私の両手で〝待った〟をかけられた森場くんは渋々顔を上げ、なぜだかまだバツの悪そうな顔で説明を始める。

「〝CRAD〟は〝CRADLE《クレードル》〟からとってる仮称」

「……〝CRADLE〟………ゆりかご？」

「そう。よく知ってるな。つまり………〝ベビーベッド〟なんだけど」

「……え？」

なぜ彼が〝今から抱きます〟というこんなタイミングで仕事の話をしたのか、わかってしまったかもしれない。さっきからずっとバツが悪そうにしている理由も、もしかしたら、合っているのかもしれない。

森場くんは雰囲気を壊さないよう、声をひそめて私に囁く。

「今度はベビーベッドを作ってみようかと思うんだけど。……どう思う？」

「ど……どう思う、って……」

「実際に親になってみたら、親の願いを詰め込んだ最強のベッドができる気がしない？」

――やっぱりか。

呆れた私は、ムッとした顔をつくって彼が裸になるのを待った。そして彼が生まれたままの姿になったら、受け入れるようにその首に腕を絡めて。

「……素直に〝子どもつくろう〟って言ってくれればいいのに」

「いやぁ……こう見えてシャイな男だからさ」

「嘘ばっかり」

「ほんとだって」

クスクスと笑い合いながらキスをする感じが最高に幸せで、〝ベビーベッド、アリだなぁ〟なんて思いながら、じわじわ侵略してくる彼に体を明け渡す。胸にばかりご執心だった唇もやっと私の唇へやってきてくれて、それで、溶け落ちるような熱の中に飲み込まれていく。

まだギリギリ余裕のあるうちに「涼真くん」と呼んでおこうと口を開こうとしたら、彼はぼそりとこんなことを言った。

「……アイデアの後だしはまた斧田さんに怒られるから、今月命中させたいなぁ……」

「…………森場くん⁉」

非難を込めて私が叫ぶと彼は〝うそうそ〟と笑いながら、まったく嘘ではなさそうな目をこちらに向けて、私を一気に追い立てる。

私は――彼の言葉が現実になる予感がした。

END

あとがき

はじめまして。兎山もなかと申します。

普段は漫画原作やティーンズラブ小説で主に活動しておりまして、今回ご縁をいただき、ベリーズ文庫様から本作を刊行いただけることになりました。

数ある本の中から見つけて、お手に取っていただきとても光栄です！

あとがきを書くにあたってベリーズカフェの自分のプロフィールページを覗いてみたら、最初に登録したのが二〇一五年の三月！　なんと四年以上前でした。

デビューするよりも前からお世話になっているサイトさんで、こうして紙書籍化していただけて、とっても感慨深いです。ベリーズカフェでの連載時から応援くださっていた皆様、いつも応援くださる読者の皆様も、本当にありがとうございます！

今回、自分としては珍しいほどスレートなラブコメが書けたような気がします。私が書くとだいたいヒーローかヒロインのどっちかが捻くれてしまうのですが（これがもうだいたいの確率で……）、森場も奈都も駆け引きはほどほどに自分の気持ちをしゃべってくれるので、〝こういうのも楽しいなぁ！〟と思いながら書きました。
特に森場はちょっとおバカというか、一応仕事が超できるイケメン設定なのですが、ところどころ残念な面もちゃんと書けてとても楽しかったです。楽しみながら書いたということが、本作を読んでくださったあなた様にも伝わっていたら嬉しいです！

最後になりましたが、本作を書籍化するにあたりお力を貸していただいた皆様に御礼申し上げます。虎視眈々と奈都を落とそうとする雄み溢れる森場と、可憐すぎる奈都を描いてくださった、ささおかえり様。デザイナーの井上様。同世代なはずなのに私よりずっと頼りになる担当・福島様。〝それはそのほうが萌えるわー！〟と思わず膝を打つような改稿アドバイスをくださった高橋様。そして、本作の出版にお力添えいただいたすべての方。本当にありがとうございました。
ここまで目を通してくださったあなた様も、本当にありがとうございます。またどこかでお目にかかれますように。

兎山《とやま》もなか

兎山もなか先生への
ファンレターのあて先

〒104-0031
東京都中央区京橋1-3-1
八重洲口大栄ビル7F
スターツ出版株式会社　書籍編集部　気付

兎山もなか先生

本書へのご意見をお聞かせください

お買い上げいただき、ありがとうございます。
今後の編集の参考にさせていただきますので、
アンケートにお答えいただければ幸いです。

下記URLまたはQRコードから
アンケートページへお入りください。
https://www.berrys-cafe.jp/static/etc/bb

ベリーズ文庫

この物語はフィクションであり、
実在の人物・団体等には一切関係ありません。
本書の無断複写・転載を禁じます。

【社内公認】疑似夫婦
―私たち（今のところはまだ）やましくありません！―

2019年9月10日　初版第1刷発行

著　者　兎山もなか
©Monaka Toyama 2019
発行人　菊地修一
デザイン　カバー　井上愛理（ナルティス）
フォーマット　hive & co.,ltd.
校　正　株式会社鷗来堂
編集協力　高橋夏果
編　集　福島史子
発行所　スターツ出版株式会社
〒104-0031
東京都中央区京橋1-3-1　八重洲口大栄ビル7F
TEL　出版マーケティンググループ　03-6202-0386
（ご注文等に関するお問い合わせ）
URL　https://starts-pub.jp/
印刷所　大日本印刷株式会社

Printed in Japan

乱丁・落丁などの不良品はお取替えいたします。
上記出版マーケティンググループまでお問い合わせください。
定価はカバーに記載されています。

ISBN 978-4-8137-0752-3　C0193

ベリーズ文庫　2019年9月発売

『クールな弁護士の一途な熱情』　夏雪《なつゆき》なつめ・著

化粧品会社の販売企画で働く果穂は、課長とこっそり社内恋愛中。ところがある日、彼の浮気が発覚。ショックを受けた果穂は休職し、地元へ帰ることにするが、偶然元カレ・伊勢崎と再会する。超敏腕エリート弁護士になっていた彼は、大人の魅力と包容力で傷ついた果穂の心を甘やかに溶かしていき…。

ISBN 978-4-8137-0749-3／定価：本体630円＋税

『無愛想な同期の甘やかな恋情』　水守《みずもり》恵蓮《えれん》・著

大手化粧品メーカーの企画部で働く美紅は、長いこと一緒に仕事をしている相棒的存在の同期・穂高のそっけない態度に自分は嫌われていると思っていた。ところがある日、ひょんなことから無愛想だった彼が豹変！　強引に唇を奪った挙句、「文句言わずに、俺に惚れられてろ」と溺愛宣言をしてきて…!?

ISBN 978-4-8137-0750-9／定価：本体650円＋税

『契約婚で嫁いだら、愛され妻になりました』　宇佐木《うさぎ》・著

筆まめな鈴音は、ある事情で一流企業の御曹司・忍と期間限定の契約結婚をすることに！　毎日の手作り弁当に手紙を添える鈴音の健気さに、忍が甘く豹変。「俺の妻なんだから、よそ見するな」と契約違反の独占欲が全開に！　偽りの関係だと戸惑うも、昼夜を問わず愛を注がれ、鈴音は彼色に染められていき…!?

ISBN 978-4-8137-0751-6／定価：本体640円＋税

『【社内公認】疑似夫婦―私たち、（今のところはまだ）やましくありません!―』　兎山《とやま》もなか・著

寝具メーカーに勤める奈都は、エリート同期・森場が率いる新婚向けベッドのプロジェクトメンバーに抜擢される。そこで、ひょんなことから寝心地を試すため、森場と2週間夫婦として一緒に暮らすことに!?　新婚さながらの熱い言葉のやり取りを含む同居生活に、奈都はドキドキを抑えられなくなっていき…。

ISBN 978-4-8137-0752-3／定価：本体620円＋税

『仮面夫婦～御曹司は愛しい妻を溺愛したい～』　吉澤《よしざわ》紗矢《さや》・著

家族を助けるため、御曹司の神楽と結婚した令嬢の美琴。政略的なものと割り切り、初夜も朝帰り、夫婦の寝室にも入ってこない彼に愛を求めることはなかった。それればかりか、神楽は愛人を家に呼び込んで…!?　怒り心頭の美琴は家庭内別居を宣言し、離婚を決意する。それなのに神楽の冷たい態度が一変して？

ISBN 978-4-8137-0753-0／定価：本体650円＋税

タイトル、価格等は変更になることがございますのでご了承ください。

ベリーズ文庫　2019年9月発売

『一途な騎士はウブな王女を愛したくてたまらない』　和泉《いずみ》あや・著

予知能力を持つ、王室専属医の助手・メアリ。クールで容姿端麗な近衛騎士・ユリウスの思わせぶりな態度に、翻弄される日々。ある日、メアリが行方不明の王女と判明し、お付きの騎士に任命されたのは、なんとユリウスだった。それ以来増すユリウスの独占欲。とろけるキスでメアリの理性は陥落寸前で…!?

ISBN 978-4-8137-0754-7／定価：本体660円＋税

『ポンコツ女子、異世界でのんびり仕立屋はじめます』　栗《くり》栖《す》ひよ子《こ》・著

恋も仕事もイマイチなアパレル店員の恵都はある日、異世界にトリップ！　長男アッシュに助けてもらったのが縁で、美形三兄弟経営の仕立屋で働くことに。豊かなファッション知識で客の心を掴み、仕事へ情熱を燃やす一方、アッシュの優しさに惹かれていく。そこへ「彼女を側室に」と望む王子が現れ…。

ISBN 978-4-8137-0755-4／定価：本体650円＋税

『転生王女のまったりのんびり!?異世界レシピ～次期皇帝と婚約なんて聞いてません！～』　雨宮《あまみや》れん・著

料理人を目指す咲綾は、目覚めると金髪碧眼の美少女・ヴィオラ姫に転生していた！　ヴィオラの作る日本の料理は異世界の人々の心を掴み、帝国の皇太子・リヒャルトの妹分としてのんびり暮らすことに。そんなある日、日本によく似た"ミナホ国"との国交を回復することになり…!?　人気シリーズ待望の2巻！

ISBN 978-4-8137-0756-1／定価：本体630円＋税

ベリーズ文庫 2019年10月発売予定

Now Printing

『強引なプリンスは甘い罠を仕掛ける』 日向野《ひなたの》ジュン・著

病院の受付で働く蘭子は、女性人気ナンバー1の外科医の愛川が苦手。ある日、蘭子の住むアパートが火事になり、病院の宿直室に忍び込むも、愛川に見つかってしまう。すると、偉い人に報告すると脅され、彼の家で同居することに!? 強引に始まったエリート外科医との同居生活は、予想外の甘さで…。

ISBN 978-4-8137-0767-7／予価600円＋税

Now Printing

『ガラスの靴はいらない』 滝井《たきい》みらん・著

OLの桃華は世界的に有名なファッションブランドで秘書として働いていた。ある日、新しい副社長が就任することになるも、やってきたのは超俺様なイケメンクォーター・瑠海。彼はからかうと、全力でかみついてくる桃華を気に入り、猛アプローチを開始。強引かつスマートに迫られた桃華は心を揺さぶられて…。

ISBN 978-4-8137-0768-4／予価600円＋税

Now Printing

『君がほしい〜キスに甘く、愛を宿して』 伊月《いづき》ジュイ・著

セクハラに抗議し退職に追い込まれた澪。ある日転職先のイケメン営業部員・穂積に情熱的に口説かれ一夜を過ごす。が、彼は以前の会社の専務であり、財閥御曹司だった。自身の過去、身分の違いから澪は恋を諦め、親の勧める見合いの席に臨むが、そこに現れたのは穂積！ 彼は再び情熱的に迫ってきて…!?

ISBN 978-4-8137-0769-1／予価600円＋税

Now Printing

『君を愛してる、もう二度と離さない』 藍川《あいかわ》せりか・著

大企業の御曹司・直樹とつき合っていた友里だが、彼の立場を思い、身を引いた矢先、妊娠が発覚！ 直樹への愛を胸に、密かにひとりで産み育てていた。ある日、直樹と劇的に再会。彼も友里を想い続けていて「今も変わらず愛してる」と宣言！ 空白の期間を埋めるよう、友里も娘も甘く溺愛する直樹の姿に、友里も愛情を抑えきれず…!?

ISBN 978-4-8137-0770-7／予価600円＋税

Now Printing

『ポン酢にお悩みの御曹司を救ったら、求愛されました』 藍里《あいさと》まめ・著

地味OLの奈々子は、ある日偶然会社の御曹司・久瀬がポン酢を食べると豹変し、エロスイッチが入ってしまうことを知る。そこで、色気ゼロ・男性経験ゼロの奈々子は自分なら特異体質を改善できると宣言!? ふたりで秘密の特訓を始めるが、狼化した久瀬は、男の本能剥き出しで奈々子に迫ってきて…!?

ISBN 978-4-8137-0771-4／予価600円＋税

タイトル、価格等は変更になることがございますのでご了承ください。

ベリーズ文庫 2019年10月発売予定

『しあわせ食堂の異世界ご飯5』 ぷにちゃん・著

Now Printing

給食事業も始まり、ますます賑やかな『しあわせ食堂』。人を雇ったり、給食メニューを考えたりと平和な毎日が続いていた。そんなある日、アリアのもとにお城からパーティーの招待が。ドレスを着るため、ダイエットをして臨んだアリアだが、当日恋人であるリベルトの婚約者として発表されたのは別人で…!?

ISBN 978-4-8137-0772-1／予価600円＋税

『悪役令嬢に転生してフラグ通り退学になったので田舎でカフェをはじめたら、モフモフの餌付けに成功しました』 友野《ともの》紅子《こうこ》・著

Now Printing

OL愛莉は、大好きだった乙女ゲーム『桃色ワンダーランド』の中の悪役令嬢・アイリーンに転生する。シナリオ通り追放の憂き目にあうも、アイリーンは「ようやく自由を手に入れた!」と第二の人生を謳歌することを決意! 謎多きクラスメイト・カーゴの助けを借りながら、田舎町にカフェをオープンさせスローライフを満喫しようとするけれど…!?

ISBN 978-4-8137-0773-8／予価600円＋税

電子書籍限定

恋にはいろんな色がある。

マカロン文庫 大人気発売中！

通勤中やお休み前のちょっとした時間に楽しめる電子書籍レーベル『マカロン文庫』より、毎月続々と新刊発売中！　大好きな人に溺愛されるようなハッピーな恋から、なにげない日常に幸せを感じるほのぼのした恋、届かない想いに胸が苦しくなる切ない恋まで、そのときの気分にピッタリな恋が見つかるはず。

［話題の人気作品］

ウブな態度が大人な彼の独占欲に火をつけてしまい…

『御曹司は偽婚約者を独占したい』
小春りん・著　定価：本体400円＋税

イジワル御曹司と愛され同居。昼も夜も注がれる溺愛に陥落寸前！

『愛しい君～イジワル御曹司は派遣秘書を貪りたい～』
滝井みらん・著　定価：本体各400円＋税

契約妻だったけど、旦那様に身も心も奪われてしまい…

『クールな御曹司と愛され新妻契約』
雪永千冬・著　定価：本体400円＋税

エリート外科医の理性崩壊!?　情熱的に愛を注がれて…

『一途な外科医の独占欲に抗えません～ラグジュアリー男子シリーズ～』
若菜モモ・著　定価：本体400円＋税

各電子書店で販売中

電子書店パピレス　honto　amazonkindle
BookLive!　Rakuten kobo　どこでも読書

詳しくは、ベリーズカフェをチェック！
小説サイト Berry's Cafe
http://www.berrys-cafe.jp
マカロン文庫編集部のTwitterをフォローしよう
@Macaron_edit 毎月の新刊情報をつぶやきます♪